披着面纱的月亮

PIZHE MIANSHA
DEYUELIANG

伍芝蓉◎著

黑龙江教育出版社

图书在版编目（ＣＩＰ）数据

披着面纱的月亮 / 伍芝蓉著.-- 哈尔滨：黑龙江
教育出版社, 2018.8（2021.6重印）

ISBN 978-7-5316-9176-1

Ⅰ. ①披… Ⅱ. ①伍… Ⅲ. ①短篇小说－小说集－中
国－当代 Ⅳ. ①I247.7

中国版本图书馆 CIP 数据核字(2018)第 191955 号

披 着 面 纱 的 月 亮

Pizhe miansha de yueliang

伍 芝 蓉 著

责任编辑	徐永进
封面设计	袁 飞
责任校对	张铁男
出版发行	黑龙江教育出版社
	（哈尔滨市道里区群力第六大道 1305 号）
印 刷	北京时尚印佳彩色印刷有限公司
开 本	880 毫米×1230 毫米　1/32
印 张	5
字 数	135 千
版 次	2021年8月第1版第2次印刷
书 号	ISBN 978-7-5316-9176-1　　**定 价**　48.00 元

黑龙江教育出版社网址：www.hljep.com.cn

如需订购图书，请与我社发行中心联系。联系电话：0451－82533097　　82534665

如有印装质量问题，影响阅读，请与我公司联系调换。联系电话：010-68812775

如发现盗版图书，请向我社举报。举报电话：0451－82533087

在云淡风轻间描绘小的斑斓

侯平章

行走是一种普通的人类行为，是事件或者行动的必要前提。有了行走，一系列的事件才得以发生。对于写小说的人来说，恰如其分地把人的行走进行充分的利用，不但会让小说增加浪漫的成分，而且会让小说的叙事具备高仿真的效果。读了伍芝蓉的小说，感觉到她是个善于利用行走这一空间转换来推动小说故事情节发展的人，有时干脆就用多个小标题来转移叙事的空间，用碎片化来叙事，来增大读者的想象空间。

当一个行走和空间位移在小说中出现的频率越来越高时，小说浪漫的成分和作者的丰富想象就得到了有效地彰显。《别楼台》中的天水之旅，本来应该是浪漫的尽心尽情的旅程，只是因为一场车祸，让小说着上了悲剧的色彩。《马坝人先生你会怎么答》，马坝人先生和砂糖橘小姐到广西百色，到了一个陌生的地方是最应该发生点故事的，可是这个故事并没有想象的那样轰轰烈烈，因为青春的羞涩和很多让人要面对的忌讳才让这一浪漫戛然而止。《他会发光，为她发光》行走的空间不大，但是从实验室到采集标本，这些空间位移都是故事发生的土壤。这些行走都是很理性的，其实这些行走也是在寻找，寻找属于自己的道路，或者说是出路。其实谁又不是一直行走在路上呢？

所以在路上才有了很多很温馨的故事和回忆。但是小说中的人物并没有因为温馨以及当中的小萌动，就停止了行走，反而是最后都走上了各自的生活，把这种小秘密和小心境都压到了心里的一只角落里了，只是后来偶尔不经意地被翻捡了出来。这就把小说的主旨上升到了，所有的人都在生活的路上继续，都是要历经各种洗礼才走向成熟的。

一方水土养一方人，同样一方水土也养一方文学。迟子建在一个中篇小说的创作谈中这样说过："写作《原始风景》时我在西安，就读西北大学作家班。西安的春天常常黄沙满天，我很不适应这种气候。贾平凹老师生活在西安，我觉得那里的作家之所以具有经典性，与这种气候有关吧，风沙渐渐把他们打磨成了出土文物。"迟子建的写作风格从《北极村童话》转变到《原始风景》的写作，是与当时写作期间的气候有关。外部环境对作家写作的影响是有效的，说明了一个地方对文学创作的影响是密不可分的，同时也说明了一个有严格意义上的地域烙印的作家一定与这方水土密不可分。伍芝蓉也是位有严格地域烙印的作家，因受了肇庆的山清水秀的滋润和滋养，文字细腻飘逸和空灵，有山涧雾岚的秀美之感。

《披着面纱的月亮》里面的二十三篇短篇小说，所写的都是些小秘密，小萌动，小暧昧，哪怕是连一点小的冲动都不曾有过的带着青涩的青春记忆中的美好或者失落。美好的理想和未来幸福的愿望在强大的现实生活面前不得不最理智地选择妥协，就是这些对于每个人都曾经经历或者正在经历着的现实和真实。这是一个"巨存在"，只是很多名作家或者大作家把这一部分真实的生活在文学写作的过程中进行了有意或者无意地忽视或者忽略掉了。这个"巨存在"的现实中的真实成了文学的真空，或者说在文学上形成了一段生活的空白，正好这段空白被伍芝蓉的写作填补了。从这个意义上来说，伍芝蓉的小说写作应该也必须在评论界引起重视，不能够被人为地忽视或者遮蔽，这种选择性的写作是非常有价值和意义的。小说《未竟之吻》采用一种浅叙事，梦境和现实相互对照，细节和想象都如飞舞的树叶，轻舞妙曼。文章把少年少女与追球队的生活有机结合起来，真实地反映了中国足球在那个时期的变化。用小说的主人公来叙写足球的历史，而且做到了天衣无缝，也体现了作者对小说这种艺术形式的把控。

在云淡风轻间描绘小的斑斓

目　录

（一）琴　弦

人世无缘同到老，楼台一别两吞声。

别楼台

木　鱼

小溪说我，活脱脱一个师太。

她说这话的时候，我不否认。因为我确实在有节奏地敲着木鱼。

当然，这木鱼可不是佛堂里四大皆空的木鱼。它的外状像鱼头，中间挖空成了共鸣箱，正面开一条长形鱼口，手持小木槌就可以敲击发声。它的音色空洞，发音短促，轻快活泼，常扮演伴奏的角色，在"数白榄"时作敲击节拍之用。你猜对了，它是粤剧使用的乐器之一。

我是一名粤剧乐器师。或者说，曾经是。

这边厢，小溪还在聒噪。既然木鱼不是四大皆空的木鱼，我自然也就不是四大皆空的师太了。我停止敲击，然后伸出一双僵硬的手做了几个生硬的挥舞水袖的动作，做着手势配合一张一合的嘴型，"如此断肠花烛夜，不须侍女伴身旁。"

小溪什么声音都没听到，但她还是默契地明白了。她笑，翻翻白眼，嘟囔了一句，"行行行，不吵着你了好吧。"说罢她离开了房间。

顿时安静了许多。

我看看桌面上的照片，继续敲起了木鱼。我的桌面摆着很多照片，大部分是天水秀丽的景色。有一张例外，它被镶嵌在相架里，在灯下烁烁生辉。那是若干年前某梨园粤剧戏班在一次公演后的大合照，瘦削的我像个小猫一样站在后排的左二，几乎被人群湮没。不过不打紧。重点是，前排的正中间有个穿着宽大戏服却笑得一脸阳光的男生。

赵宴扬。

我在心底重复了无数次这个名字。

长亭十八叮咛

自小就开始学习粤剧的年轻人，在Z城估计没几个。赵宴扬就是其一。

他的爷爷奶奶曾经是粤剧名伶，因此在他刚懂事的时候，他就被动地接受着言传身教。

自小就开始练习粤剧乐器的年轻人，Z城估计也没几个。我也是其一。

但我家只是普通的工薪阶层，家里也没人和这个沾边。仅仅因为，14岁那年，我成功央求了父母肯出钱让我去梨园戏班学习。

一个没有与生俱来的天赋，对乐器也不是天生敏感的女孩子，会对这个在世人眼中古旧而成人化的行当能真正有多大的兴趣？你也猜对了，我仅仅是因为赵宴扬。

14岁那年的一个夏夜，在家属大院内，看着赵宴扬在月下气宇轩昂地练习走着丁字步，我深深陶醉了。

我坚信，那一晚天上一定有流云飞过，红色的，在那个永不回来的夏夜。我呆呆地望着他，他定定地看着我，我们对望，充满着年少的无知。丘比特恰好路过，他不小心遗下了两颗种子，深藏在两个少年的心间。

我也想成为与赵宴扬配对的小花旦。我走苦练了两个月的花旦

撇步给梨园师父看，师父看完依然皱起了眉头，"你这像是煮熟了的青蛙。还是算了吧，小姑娘。我很高兴你对粤剧有热诚，但世事焉能勉强。"

于是，我成为一名粤剧乐器手。除了木鱼，我还必须苦练琵琶、蝴蝶琴、双皮鼓与勾锣。都说了，我自知没有天赋，所以我必须比别人狠下三倍的苦功，才得以在梨园蹲下去，才得以让父母心甘情愿地一年年掏学费。

不能在台上与赵宴扬对唱"好同窗，缘暗订，三年结伴百般情"，但可以在台旁让他踏着我的拍子说"长亭十八里叮咛"，也是蛮不错的。

那得再图赖

因为粤剧，从此，我和赵宴扬有了紧密的联系。

每个周末，我都能在梨园见到他。我在梨园一角，手抱着琵琶，呆呆地看着在戏台上练习七星步、跑圆台、上马和打背供的赵宴扬。他挺着笔直的腰杆，有板有眼地一丝不苟地完美完成整套动作。从那时开始，赵宴扬，连同他的高傲、智慧以及玉树临风，在我的心间充满叮铃铃的回响，从未在我心中磨灭。偶尔，他在台上搜寻着台下我的身影，然后朝我展开灿烂的笑容。

我听见他唱，"一夕恩深记紫钗，赤绳长系足，那得再图赖。"

那得再图赖。

那是我一生里最快乐的日子。我奏乐，他唱戏，我们的若干年。

天长日久的相对，我和赵宴扬之间，丘比特遗下的种子在发芽、滋长。这种滋长如无声潜入夜的细雨，滋润着他长成了一个俊朗挺拔的男子，而我，也长成了一个亭亭玉立的姑娘。

作为粤剧特长生，我们进了同一所中学，然后进了同一所大学。他成了戏班崭露头角的英俊小生，我也熬成了戏班的首席乐器师。别人都说，我们是天造地设，俪影成双。

从14岁走到24岁，我们一起走过了十年。多么不容易的十年。

赵宴扬在梨园一角偷偷吻我，"再爱你六七个十年就够了吧。"

我用敲勾锣的槌子敲他的头，"但我怎知道，何时'我却抗不来，争无计，眼看马家郎，强夺了卿卿'？"

赵宴扬刮着我的鼻子说，"小生永远爱卿卿。"

那时我还不知道，原来我的快乐是预支来的。

雾月夜抱泣落红

快乐会是永恒的吗？以前我是这样认为。至少，五年前我还是这样认为。

这一刻，我穿着素衣，坐在了黄花岗大剧院二楼的后排里。灯暗声灭，人声散去，戏台开锣。我看到赵宴扬化着浓厚的小生妆容，文质彬彬地步出戏台。

五年不见，他已经成为梨园戏班首屈一指的台柱小生。他略带沧桑的面孔，掩映在厚厚的脂粉下。灯下，他动作轻盈，眼神炯光，英气逼人。

台旁的奏乐席，首席乐器师的位置，那个若干年前曾属于我的专席，此刻已经由一位俏丽清秀的女子填上。她一边拨弄着蝴蝶琴，一边抬起头看着赵宴扬甩袖，眼里分明带着宁静的笑意。

"我雾月夜抱泣落红，险些破碎了灯钗梦。"听见赵宴扬熟悉而悲怆的唱词，旁边一众年老的粤剧迷轻轻顿足点头，跟着轻哼"唤魂句，频频唤句卿须记取再重逢"。

我看着赵宴扬，贪婪地，狠狠地，看他。我在心里大声地喊他的名字，用震耳欲聋的声音。良久，我想微笑，却发现自己的脸痒痒的。昏暗的观众席上方有暗红的灯光，洒在我的双臂上。双臂上密麻的疤痕，像两只振翅欲飞的鲜红蝴蝶，触目狰狞。

台上这出戏曲叫做《帝女花》，讲的是明末周世显与长平公主亡国时凄美殉情的故事。可惜了这一对伊人。

可是，倘若当年长平拖着一双残臂和世显跟跟跄跄奔走天涯，现世还会有如此一出凄绝的爱情故事吗？

赵宴扬，天水的景色很美，很遗憾当年你没能跟我一起去，很庆幸当年你没有跟我一起去。

我很高兴有人可以温暖他

次日，前往机场的路上。东风西路堵车，我和小溪乘坐的出租车停在路中，久久不能前行。

我撩开车窗的帘子，安静地看着外面。

突然，隔着马路，再隔着一条窄窄的环城河，我看见了路边高高的石凳上有一对年轻的情侣。女子把双手藏在背后，噘着嘴看着前方，两条腿晃晃荡荡划着空气。她在撒娇。男子满脸笑意地看着她，拿着小勺挖着一杯盒装雪糕，你一口我一口地喂她。男子不知说了句什么，女子侧过头，对他微笑如花。

那个顾目美盼巧笑倩兮的女子，是昨晚见到的首席乐器师。那男子，是赵宴扬。

曾几何时，也许他曾眉头深锁，可如今，他的眉心已经被那女子用浓浓的笑意抹散。

坐在我身旁的小溪有点看不过眼，她伸手把帘子拉上，轻轻地拍了拍我，"还好吧？"

我保持着原来的姿势，依旧隔着蓝色的帘子望向外面，带着一贯的微笑。我慢慢伸出双手，比画着手势。我无声地告诉小溪，"我很高兴有人可以温暖他。"

小溪叹了一口气，转头望向另一端的车窗，低低地说，"我多希望，如今在他身旁笑着的女子是你。我不知道，当年你的决定是不是正确的。你有后悔过吗？你消失的那些年，你知道赵宴扬遍寻不获的痛苦吗？你和赵宴扬，毕竟深爱过十年。当年，兴许他能够接受这样的你……"

我再次伸出双手，在空中做了一个挥手的动作，然后把右手食指轻轻置于嘴唇中间，轻轻摇了摇头。小溪看明白了，我在说，"不要再说了。"

由始至终我一言不发。

你猜对了，我现在是一个哑巴。五年前，我和赵宴扬约好一起出发到天水旅游。临行前，他母亲因意外进了医院。于是，我一个人背着行囊启程。相机里，我照了许许多多要回来与他一同分享的美丽景色。可回程那天，在通往火车站的路上，我遭遇了一场突如其来几乎覆灭我人生的车祸。车祸没有使我死去，却夺去了我的声音，健康，或者，还有一些其他。

原来天水，是我人生最后的秀美。

楼台一别两吞声

2013年，广州荔枝湾大戏台。台上一位老生步履狞狞，正在上演粤剧《山伯临终》。

我驻足，看得仿如隔世。

四周围着一群老公公老婆婆，听得如痴如醉摇头晃脑。我站在一群老人家当中，静静地看着。

老生轻轻挥动水袖，悲戚戚地唱，"空房冷冰冰，山伯孤零零。刻骨相思唯有病，一腔恨怨解不胜。"

我转过身，一瘸一瘸走出了人群。

这是广州的深秋，繁花开始飘零。

身后继续传来旖旎的戏文，"人世无缘同到老，楼台一别两吞声。"

不晒，不下，我很好。砂糖橘小姐想，马坝人先生一定会这样回答。

马坝人先生你会怎么答

义工协会有个传说

砂糖橘小姐知道柑和橘都是属于芸香科的植物。她知道果形正圆色黄赤皮紧纹细不易剥多汁甘香的叫柑，果形扁圆色红或黄皮薄而光滑易剥味微甘酸的叫橘；柑和橘的分别原是很明显的，不过在俗话中常见混淆。

她知道《晏子春秋·内篇杂下》里说到的"橘生淮南则为橘，生于淮北则为枳"是古人观察不周因而造成误会。她说，橘和枳都属于芸香科，但不同种，橘不可能会变成枳。

马坝人先生来自出土早期人类马坝人头骨化石的城市。他想参加有点实际意义的社团，去到义工协会才发现只有寥寥几位同学报名，跟其他人满为患的社团截然不同。这不，他前面来自砂糖橘故乡的砂糖橘小姐略略介绍了一下她的家乡特产，就被协会录取了。

"我来自云南元谋，你来自北京周口，我握住你长满绒毛的手轻轻咬上一口，爱情让我们直立行走。咱们马坝人，估计也是这么发展起来的。"被突然问到时，马坝人先生随口胡诌了几句，竟也获得了一致通过。

去做做义工，比起室友们在宿舍里穿着三天没洗的内裤昏天暗地打游戏有意义多了。马坝人先生留意到，在低保老人家中，砂糖橘小姐可以不遗余力地帮吐了一地的老人清理脏物；在孤儿院服务了几天，院长说那群孩子现在还每天眼巴巴地盯着大门看她何时再来；她愿意戴着口罩和手套，在旧衣堆里扒拉整理至深夜，揪出一堆发黄的内裤。

不久，协会的负责人，两位学长学姐，因为要考研而早早把社团重担交给了他俩。在义工协会里流传着一个动人的传说：自创团以来，义工协会的两位异性负责人均会成为情侣，也许患难见真情之余，还善有善报。

社团的同学起哄他俩。砂糖橘小姐的脸涨得通红，马坝人先生挠了挠头，尴尬地笑了。

百色有雷雨

临近暑假，学校委派马坝人先生和砂糖橘小姐，去广西百色一所向他们求助的小学核实情况。经过15个小时的火车，2个小时的中巴和大半个小时的摩托车与20分钟步行，夜里11点两人到了百色。整个小村黑灯瞎火，接待他们的老校长抱歉地说，只有一个接待间。

那晚砂糖橘小姐被安排住里间，马坝人先生则在客厅打地铺。他好笑地安慰她，这叫"体验生活"。次日清晨，砂糖橘小姐下床，光着脚走到客厅，看到穿着黑色T恤的马坝人先生正背对着她在厨房做早餐。他听到响声后回过头，窗外的一抹阳光正好照在她的眼睛里。马坝人先生朝砂糖橘小姐笑笑："怎么不穿鞋？这儿可不像咱们广州，会磕脚。"一个个字眼在金色的阳光里突然窜进砂糖橘小姐心里，她霎时莫名其妙感动到幸福得无以复加。

两天的核实工作完成，傍晚马坝人先生和砂糖橘小姐从村子里走回住处。完成工作后的砂糖橘小姐如孩童般雀跃，兴奋地看着山边粉红色的花，摘壶形紫黑色的果。她嘻瑟地说："知道没，这种

叫稂子，你这么笨一定不知道。"

马坝人先生在她身后看着她的兴致勃勃，"以后带你去我外婆家，那里有棵大山楂树，开满树的花，会结大山楂果，那摘起来才叫过瘾！"

"当真？""当真。"

"果然？""果然。"

突然雷雨，在无遮无掩的山边，马坝人先生拉起砂糖橘小姐的手飞跑。跑着跑着，两人前后从一堆牛粪上面踏过，低头看了一眼，都忍不住扑哧大笑。

牛棚下，砂糖橘小姐帮马坝人先生弹开衣服上的雨滴，马坝人先生帮砂糖橘小姐拨了拨刘海。两人慌忙整理之际，马坝人先生突然掏出手机，把他们狼狈的样子拍了下来。

停留在楼梯的时光

功课越来越繁杂，社团的工作也越来越忙。马坝人先生和砂糖橘小姐为了节省时间，通常是派一个人去食堂排队打两个人的饭回社团吃，或者一个人去图书馆占两个人的位置。

下雨了，马坝人先生会给砂糖橘小姐送伞；比赛了，砂糖橘小姐会去球场给马坝人先生打气；学习压力大了，一方会陪另一方逛逛校园，说些不着边际的废话。两个人经常黏在一起，有学妹在背后掩嘴嗤笑，"哎，那个传说果然是真的呀。"

周末，砂糖橘小姐发烧烧得迷迷糊糊，唯一没走的室友送她去了诊所。室友接了个电话，在诊室外面焦急片刻，第一时间就想到了马坝人先生："她现在需要打点滴，要守好几个小时，但我有急事……"

砂糖橘小姐在昏睡，忽然感觉到滚烫的额头像被敷了冰凉的冰块。她睡得迷迷糊糊，伸出手在旁边扒拉，嘟囔了一句什么，眼角里冒了泪。她感觉手被紧紧握住了。不知睡了多久，她缓缓睁开眼，看到马坝人先生正温柔地看着她。

"为了感谢你的照顾，我给你带砂糖橘哈。"砂糖橘小姐觉得无比尴尬，半天才憋出这么一句话。"当然要。一接到你室友电话，我可是从大学城直接打车回来的啊。"马坝人先生对她说。

砂糖橘小姐康复之后的一个夜晚，两人从图书馆出来，外面下起毛毛雨。在砂糖橘小姐的宿舍楼下，马坝人先生和她在路灯下告别，昏黄的路灯映着飘落的细雨和他清澈的脸。砂糖橘小姐走进楼梯里，过了一会儿，又从楼梯上面慢慢走了下来。

看着马坝人先生的背影，砂糖橘小姐有点伤感：我不奢望他能属于我，我只希望时间可以停留多一会儿，可不可以？

一个假装有爱，一个假装有未来

接到公务员录用通知书那天，马坝人先生问砂糖橘小姐：毕业后会去哪里？砂糖橘小姐说，回家。

沉默了一会，马坝人先生用很低很低的声音再问：不考虑去马坝人那儿吗？砂糖橘小姐说：不。

因为卡哇伊小姐。砂糖橘小姐咬紧吸管，默不作声。她连马坝人城市某单位朝她伸出的橄榄枝也掐掉了。

很快，卡哇伊小姐从门外走进来坐下。她微眯着眼对砂糖橘小姐笑：他最近有没有作恶呢？

砂糖橘小姐用力吸了一口饮料，摇摇头：没，暂时很乖。

卡哇伊小姐皮肤白皙，娇小可爱，是马坝人先生的女朋友，青梅竹马二十余年。她知道马坝人先生和砂糖橘小姐是社团默契的共事人。也许她也知道，皮肤黝黑，瘦得像一杆麻竹的砂糖橘小姐处于某个安全距离内。

卡哇伊小姐得意地笑，马坝人先生体贴地把丝袜奶茶递到她面

前。卡哇伊小姐摸了摸他的脸蛋，笑得甜美。两人手腕上的情侣手表亮瞎了砂糖橘小姐的眼睛。砂糖橘小姐低头再吸饮料。就好像直接吃了一整个柠檬，明明酸得都要哭出来了却还要告诉别人："我没事，还挺甜的。"

马坝人先生抬头看了看她，目光深不见底。

第一次在电话里听到马坝人先生说他有女朋友时，砂糖橘小姐正站在阳台里踮着脚尖收衣服。远方的飞机在花都的机场轰隆隆降落，砂糖橘小姐的眼泪噼里啪啦地掉，还要迷糊地回答：哈哈哈好啊，咱俩这么好的朋友你也不打算介绍我认识？

友达以上，恋人未满，是马坝人先生和砂糖橘小姐这些年的状态，简称暧昧。

若干年后的砂糖橘小姐想，所谓"暧昧"，不过是一个假装有爱，一个假装有未来。

再见，马坝人先生

毕业那天，天近黄昏，卡哇伊小姐家的司机去大学城接了她，又来到J大接马坝人先生。

卡哇伊小姐从车里奔出来，愉快地搂着马坝人先生的脖子亲吻。司机打开了后车厢，送别的同学七手八脚地把马坝人先生的行李塞了进去，摆在了卡哇伊小姐的行李旁。

马坝人先生走到一个个同学旁边，轮番和他们拥抱。他的目光四处张望。后来，连推着垃圾车在路旁挥手的校工阿姨也被他拥抱过后，卡哇伊小姐再次催他上车。他坐在车子里，跟同学们拼命挥手，恋恋不舍地看着同学们脚下被夕阳照着的校道。车子缓缓离去。

夕阳把人的影子拉得再长，也不过几米，抵不过思念，也敌不过距离。砂糖橘小姐站在八楼天台上，举起手，默默地默默地朝着慢慢不见了踪影的车子挥手。

其实她连一秒都没有真正拥有过他，却感觉到已失去过他几万次。这应该是最后一次。砂糖橘小姐想。

再见，再见，马坝人先生。

黄龙病与山楂树

马坝人先生很快去了某司法机关报到。每天扮演着各种角色去和犯罪分子周旋，去护着一方平安，忙忙碌碌一直到年末。卡哇伊小姐学着做贤妻良母，后来做得炉火纯青，所有人包括他家那条名叫乐乐的大黑狗都给了她满分。

砂糖橘小姐在税务大厅的服务台里坐了三年，调去了四楼继续坐。她害怕有小肚腩，所以一下班就去做瑜伽。

砂糖橘小姐的故乡，由于黄龙病的肆虐，当地大部分人已经慢慢放弃种植砂糖橘，砂糖橘小姐越来越难再吃到正宗的砂糖橘了。可市面上仍然有大量大量的砂糖橘售卖。方圆几个市，有的用外市砂糖橘来冒充本地正宗砂糖橘，有的更把所在市自诩为新的"砂糖橘之乡"，光明正大地卖"新产品"。砂糖橘小姐每每上街买几斤，一只一只剥开来吃。

外形水分糖分无甚区别。吃多了，砂糖橘小姐反而好像忘了正宗砂糖橘的味道。

马坝人先生偶尔驱车经过马坝人遗址下面的公路，去看望他的外婆。外婆住在附近一个小村落，每年农历新年桃花盛开，每年7月白水蜜桃成熟。景色旖旎秀美，来过便不会忘记。马坝人先生抬头，山谷边仍傲然立着一株高高大大的花树，像从笔尖落下的几滴晕开的油彩，遗世独立般空灵寂静，枝干上长满了数千轻盈透明的花朵，细细优雅地随风而落。这是一棵年纪很大的山楂树。好多年前马坝人先生曾对砂糖橘小姐说，将来我带你去看山楂树花，带你

（一）琴弦

去看我外婆。

马坝人先生看了新闻，在某考古的论证会上，来自全国各地的考古专家齐聚一堂，基本确认了郁南磨刀山遗址才是目前省内发现年代最早的古人类遗址。"从今以后，广东历史将不再从马坝人说起，而要从磨刀山说起了。"某院士说。

也许终有一天，马坝人遗址也会慢慢慢慢失去它的商业价值，马坝人先生想。

镜　头

2014年秋天，砂糖橘小姐的单位组织去旅游。砂糖橘小姐没有跟随大队去参观那块举世闻名的阳元石，而是独自离队乘车去看了那寡然无味的真正的马坝人。

马坝人遗址位于两座石灰岩孤峰，山中溶洞交错，上下相通，底层终年积水。那个眉嵴粗厚，眶后收缩，额骨比顶骨长的马坝人头盖骨化石，属旧石器中期的人类，据说距今13万年。它静静地安放在山洞中。也许将来无千无万的岁月，它也是如此安立。

狮头峰溶洞在第二层洞口竖着一座通过艺术加工复原的"马坝人"胸像，砂糖橘小姐请路人帮她和它照了相。

照片里，"马坝人"呆板无情，她用手轻轻托着它的下巴，缓缓绽开微笑。

2014年秋天，卡哇伊小姐，不，马坝人太太去参加朋友的婚礼，马坝人先生跟随。这座粤西的小镇，漫山遍野种满了砂糖橘。主人告诉他们，这些橘树七八年树龄，正是最好的年华，它结的果实比起被黄龙病残害得差不多的正宗砂糖橘味道棒多了。

马坝人太太欢喜地穿梭在硕果累累的砂糖橘林子里，让友人帮忙拍照。马坝人先生正用手掌轻轻掂着一簇沉甸甸的砂糖橘，马坝人太太唤他，他一回头，情景停在了友人的镜头里。

不晒不下我很好

美国一个网站流行的"晒光阴"活动传到了中国。同样的场景同样的人，样貌却已经发生了翻天覆地的变化，生生诠释了"物是人非"的感觉。在国内某知名网站，网友也纷纷上传自己的"光阴"。

这晚，马坝人先生看着电脑里若干年前在百色乡间他和砂糖橘小姐的狼狈合照，又看了看他和"砂糖橘"的合影，安静地抽烟。

这晚，砂糖橘小姐托着腮滚动着鼠标，上传了若干年前在牛棚下她和马坝人先生笑得像傻瓜的合影，再上传了她和"马坝人"的合照。在按"发布"之前，她想了想，最终，还是按了delete键。

砂糖橘小姐曾经坐了五六个小时的火车，来到马坝人先生的城市，站在他的单位门口对面的马路默默看了一下午，然后就回去了。

如今砂糖橘小姐习惯了在心里默默问：你那边的天气怎么样？这个夏天晒不晒？今年冬天会下雪么？马坝人先生，你还好么？

不晒，不下，我很好。砂糖橘小姐想，马坝人先生一定会这样回答。

（一）琴弦

那曾经是光亮所在。

他会发光，为她发光

他会发光

■荣奕

三十岁时，我想起二十岁时喜欢过的那个男生。

他是一个小胖子，小小的眼睛，小小的嘴巴，卷卷的头发，但会踢足球，会灵活地徒手攀登。二十岁时的我一边啃着雪糕一边对着他没心没肺地说："阎明锐，你那头狮子卷毛发，让多少姑娘看了没兴趣。"

他不屑地说："只要小师妹不会没有就行。"

我握着雪糕还是若无其事地啃，心却有秋风悄悄掠过，遍地枯叶。

你们有没有试过漫无目的地喜欢一个人，后来发现一切全部只是自己的漫无目的？他的频率不稳定，身材不稳定，长相不稳定，智商不稳定，可是偏偏那时的我很喜欢。

他有严重的软体昆虫恐惧症，每次看到蠕动的虫子都会恶心个半死。偏偏我和他的必修课，老教授要我们经常外出采虫子，泡福尔马林做标本，我再一次帮他挑开挂在枝头上的毛毛虫，轻蔑地问："你胆子这么小，以后结婚了怎么办？"他说，他要跟老婆"手拉手心连心去踩虫子"。我笑得一口水全喷他脸上。

他不甘心，像啰唆的唐僧一样跟在我屁股后再次不厌其烦地解释："我这不叫胆小！恐惧症是极为常见的心理障碍，就像有的人害怕高楼大桥，有的害怕蛇和蜘蛛，有的害怕独自站在广场中央，有的则害怕周围挤满了人……我们'患者'明白自己的恐惧是毫无理由的，但是我们无法控制恐惧的爆发性发作！喂喂，你能不能给点耐心听我说完？我们多数的恐惧症都是有'解药'的……"

我不知道他恐惧症的解药在哪里，但知道他人生的"解药"在哪里。一个外语系的小师妹当他神一般膜拜，定期上他的寝室为他收拾东西洗衣服，不定期为他送汤打饭，温和，甜美，羡煞旁人。

我这辈子也撒过一些谎，例如我说我在遥远的北方有个青梅竹马的男朋友，唯独在喜欢他这件事上一直无法欺骗自己。他喜欢听哪首歌，我就跑去偷偷单曲循环；他喜欢读哪本书，我就暗地里跑去背得滚瓜烂熟以便下次可以和他争辩；他喜欢看哪部电影，我就跑去观看细心揣摩；他喜欢什么，我就跟着去喜欢什么。不因为什么，只是想更靠近他多一点，感受一下每一天都能看见他的快乐感觉，仅此而已。这种状态，甚至比恋爱更让人着迷。当然，他喜欢的东西大部分都是我喜欢的类型，这一点也很重要。

让我庆幸的是，我并不是一个有公害的异性闺蜜。小师妹偶尔会找我这位姐姐拿主意。我给她很多中肯的意见，教她这，教她那那，教她为他买心仪的礼物，或者来一段取悦他的旅程。我以好朋友的身份存活在他的世界里，慢慢地成为一只被温水煮透的青蛙。

毕业多年后，我曾无数次做过这样的梦，有一条长长的开满鲜花的路，偶尔从树上垂下可恶的毛毛虫。其实我一直很想和他一起走那条路，雨后，很多残花，笔直，无尽头。我挽着他的手，看着前方，仿佛走下去，就能一夜白头。至于他有什么样的表情和台词，都不重要。

可对一个人有再多心动的瞬间，也抵不过自己的一厢情愿。小

（一）琴弦

师妹其实聪颖异常，在天真无邪的笑容里，用以退为进的策略逼我不知不觉表了态。好吧，我也承认我是一个包子。

以前他曾问过我，该如何去形容自己喜欢的人，我笑着回答说："他会发光。"

我在心里默默补充了一句："你不知道，你会发光。"

毕业那天我也问了他同样的问题，他也笑着回答我："为她发光。"

很好，愿你可以永远为小师妹发光。

不管是人或是其他东西，只要明白不可能是自己的，最后都要死心，再去追求其他美好的事物。不管是谁，都要做一个理智而对生活充满期待的人，而不是一个为情所困而止步不前的废物。所以我也必须向前看，找一个会为我发光的人。

南方的夏天闷热绵长。今天清晨我坐火车穿过他和小师妹所在的城市，感受了他每天感受着的早晨，甚至，有那么一秒，我无聊地想象了他还在熟睡的样子，当年意气风发不可一世得欠扁的年轻的样子。

谢谢，虽然从未在一起。

为她发光

■阎明锐

三十岁时，想起二十岁时的一位姑娘。

那位姑娘，留着一头清爽的短发，笑容俏皮，不让她笑她会死。她衔着饮料的吸管，趿拉着拖鞋，大大咧咧地在背后拍我的肩头，我转过身，被她递过来的雪糕糊了一脸。一群长发及腰袅袅动人的女孩从我身旁走过，看着我的狼狈样掩嘴而笑。我有点尴尬，却不好发作，只好恶狠狠地盯她一眼。她还是没心没肺地哈哈大笑，让人又好笑又好恨。

福尔马林的味道有点酸爽，那种味道怎么也不会忘记。老教授上课的时候我小声接了个话茬，只有她听见了，她转过身对我笑了。

她用镊子举着一只活蹦乱跳的毛毛虫走到我背后吓唬我，不知谁在地上搞了一摊水，我不小心一个趔趄差点摔倒，她见了，果真以为我怕虫子怕得要命。

她很有义气，后来每次外出采标本，都自告奋勇跟我一个小组，看见虫子就先行消灭，对我既鄙视又保护。她似乎用一种她认为很妥的方式来保护我这个大男人无谓的"自尊"。当然她的好意我是领情的，所以在后来的相处里我很好地连戏了。

她爱跑步，爱登山，喜欢听粤语歌，喜欢看侦探书，喜欢看杀人分尸那种一般女孩子都不会想碰的电影。她爱和我争辩，虽然不一定每次都说得过我。她不知道，其实所有的巧合都是我在努力。

付出怎么可能不要什么回报呢？别傻了，为她做了那么多，也只不过是想她也可以在乎一下我。但我知道虽然她为人大大咧咧，可是对那位远方的男朋友一往情深。

也罢。好姑娘是用来珍惜，不是用来伤害的。何况，我有女朋友。

小师妹很温顺驯良，像一个小白兔。每个二十岁的男生心里都会住着一个岳灵珊，而岳灵珊恰好也钟情于你，像室友说的，你捡到宝了。当然，岳灵珊也会变成梅超风，那是后话。

以前我曾问过她，该如何去形容自己喜欢的人，她笑着回答我说："他会发光。"毕业那天她也问了我同样的问题，我也笑着回答她："为她发光。"我没有说出口的是，如果你会给机会我，我愿意为你发光。

可惜，她口中的那个"他"，和她认为我口中的那个"她"，都不是我们想认为的那个人。

毕业后，我南下，她北上。最后一次联系是我独自去了一个地方玩，是她嚷嚷过一百遍要去的江南水乡。我忍不住发短信跟她说："那里很美。"隔了五六个小时她才回了一句"玩得开心，注意安全"。我觉得，自己的这种分享心情实在有点多余和矫情。

离开她以后，发现自己做什么都失去了兴趣。总是和别人说自己懒，其实是她走了以后，我发现似乎所有的意义都已经不在了。

据说她后来嫁了一个家境殷实的男人，那男人是不是当年她守候的那个人，我不知道，但听说如今的这个他温和儒雅，待她如宝。听说，他们恩爱非常，还生了一对双胞胎儿子。

今天，我无意中在一本婆婆妈妈的杂志专栏里见了她的照片。三十岁的女人，斜刘海，长长的棕色卷发，知性妩媚，弯得像月亮的眼睛显出一丝聪颖。

我长长地呼出一口气。她离开以后，比原来过得更好。终于有一个男人名正言顺为她发光。

嘿，那几年不时有她身影出现的一场场梦，统统可以塞进岁月的树洞。有一刻我甚至在想，在以后漫长的岁月里，我也该为自己做点什么。最起码，让自己的日子也滋润起来。

只是在点燃一根烟的时候偶尔会想，多年后你和别人情深似海，会不会偶尔想起一个跟你一起抓虫子制标本的死胖子？不过这么矫情的想法，念过一遍便罢。

我不跟你啰唆啥了，我家女人叫我赶快去洗碗。如果你非要下一个定论，那就看作一个娶了岳灵珊的男人今晚突然想起了任盈盈吧。

生活让你失去一些人，是为了让你有更多的空位去收获更美好的人。

他也曾是对的人

游戏出了错

想不到，我居然还有机会站在这个台上。

"大家好，我叫姜璐。"迟疑片刻，我对着麦克风开了口。

有人走过来在我的耳边小声说话，并轻轻扯我的裙尾。我装作没听到，扫了一眼满场宾客，目光最后落在穿着一身白色西装、样子尴尬的冯绍君身上："今天舞台华丽，典雅大气，灯火明丽，倩影绰绰，一切都还是我的最爱。冯绍君曾经对我说，如果将来我们有机会结婚，婚礼现场一定要铺天盖地用我最喜欢的湖水蓝……"

全场哗然，蓝色海洋热闹了。新娘子半张着嘴巴，愠怒地看着冯绍君。冯绍君看看我又看看新娘子，脸色有点变。两名女子快步站到我两边，一边保持着仪态，一边握着我的手臂暗暗使劲，再次小声说："姜小姐给点面子，下去好不好，搞难堪了对谁也不好……"

"是冯老先生非要把这个婚礼搞得像人大代表发言一样，在人群里随机选取亲友即兴致辞。游戏规则偏偏选了我。我既不是砸场子，也不是抢新郎，为什么不让我说完？"

我靠近麦克风，不疾不徐地说，"冯绍君，你还记得吗？你说过，如果你娶的是我，你会在我们的婚礼上亲口说出我们的爱情故事；如果你最后娶的不是我，我就在你的婚礼上讲你我之间的爱恨

（一）琴弦

情仇。"

你说过的，还算数吗？

三块五和三十五年

我和冯绍君的相识有点像一出烂俗的电影。

我在食堂吃饭，坐在我对面的一位男生端来一碗热气腾腾的牛肉面，放桌上后就跑去舀汤了。那碗距离我不到20厘米的牛肉面真是香，我当时脑袋一短路，就很自然地伸手去夹他碗里的牛肉。

我真的只夹了一块。他回来就刚好看见了。他默默坐下，一声没吭把他碗里的牛肉全放我碗里……我当时都忘了饭要怎么吞下去。

我以为我不会再有机会碰到那位让我从头糗到脚的男生。第二天我在附近的超市买水，发现钱包和手机不知何时被偷了。当我说"不要了"的时候，身后一位排队付账的男生对收银小妹说，"没事，算我的。"

那一天，我终于相信了缘分。

冯绍君说那天我一共欠他三块五，加上三个半小时送我回学校以及陪我在学校溜达的时间，要我用三十五年来还他。

我看着他的小眼睛和小卷发，想也没想就答应了这个不平等条约。

不值得被铭记与传颂

我和冯绍君是同类，爱爬山，爱说冷笑话，爱恶作剧，爱斗嘴，会在每次有别人在时互相别有深意地默契对视，似乎只要有彼此在身边，连灰暗的天空都是明亮的。

那时候我和他经常闹，我开玩笑说："我不要你了，你去找个好人结婚生子吧。"他立刻就说："好的。"后来我发现，我的名字在他的手机上变成了"好人"。

只是没有想到，多年后的"好人"是另有其人。

冯绍君，我们之间还有好多好多开心的事，你可能已经忘记了。不过今天我不打算在这里一一细数。毕竟那些已经过去了而且黯淡收场的东西，没有理由要被谁记住。

因为世间只有温暖结局的故事，才值得被铭记与传颂。

合适不合适

毕业的前几天，我和冯绍君又一次分手了。确切地说，那是我们最后一次分手。分手的原因很简单，他替我修改的论文忘了保存，我就炸毛了。特别小的一件事，就跟每次我俩平时吵架的原因一样。

但是能吵得起来，也好过彼此冷淡。

昨晚我自己一个人去吃了麻辣烫。吃了一口就被辣得颤抖了。半夜抱着肚子疼得满床打滚，也不知道什么时候睡过去的，恍惚间突然明白了一个我很久没去触碰的问题。我和冯绍君分手的原因，是因为不知道对方彼时在想什么。那时太年轻，年轻得对未来感到莫名的自信和昂扬，以为未来还有很多感情和人可以被消耗。

其实，冯绍君，这几年我经常都会想起你。我亲眼见过好多遍，你跟邻系那个女孩子在一起的时候，笑得很开心很开心，那是跟我在一起时从未有过的。

人总是不愿意听真话，再富丽堂皇的借口和理由都抵不过最直接的一句"不爱了"。

但你从来都没有说出那句话。你只会说，"你很好，但我们不合适。"

冯绍君，我现在还可以再问你一句吗？我现在变得一点也不好了，咱们合适了吗？

我祝福你

几年前，《泰坦尼克号》有了3D版。我自己去看了一遍，一边看一边想起你以前喜欢古灵精怪地扮演"肉丝，肉丝，你要勇敢活下去"的情景。我记得阳光穿过干树枝洒在你身上的瞬间，比任何偶像剧都要好看。当然，三十岁的你不会再如此傻帽了。

那部影片最催人泪下的地方，就是Jack死后，Rose选择了坚强乐观地活下去。她去尝试那些曾经没有做过的事情，例如骑马，开飞机，结婚，生孩子。她要告诉世人，"你走后，我会更好地爱自己，带着你的那份爱。"

这些年，似乎我做什么都是违反失恋的法则，似乎做什么都弥补不了那份没有你的空缺。如果我跟你说，窗外万家灯火，每一盏都是这些年里想念你的我，会不会觉得特矫情？可我知道，再好的良辰美景，都不能再与你分享了。

哈，别傻了，只有傻瓜才会对不再喜欢你的人念念不忘。我姜璐是笨，却不是傻子。感情从来没有对错，只有你爱我和你不爱我。当初可以喜欢你，当然也就可以做到后来不喜欢你。这个世界上没有什么事是绝对的。

我们曾经是相爱过，可是那时太年轻，用了各自爱人的方式，走到后来产生了冷漠与伤害。在那段感情里，也许我们各自都觉得委屈，却没有体谅对方的爱的宽厚。我们在爱的面前，都只是无知无智之徒。我们因年轻而错过，也会因年龄而放下。

"……今夕何夕，见此良人，子兮子兮，如此良人何？最后能在一起的，一定是那些彼此深爱着，各自心里都有着对方的人。一定要好好善待对方，能相爱真的不容易。今日良辰吉日，鱼水相投，愿你在懂得珍惜与爱之后，和新娘子两情相悦，白头偕老。"

"诸位不好意思，感谢你们能耐心听完这份也许是不合格的致辞。"

台下安静得一根针掉下都能听到，继而是一阵雷鸣般的掌声。

穿过掌声与泪水，我看见了冯绍君那张越来越模糊的脸。

冯绍君，我祝福你。

圆屋顶与小鸽子

亲，你脑洞开大了。对不起，是我跟你的玩笑开大了。

别说冯绍君不会邀请我，即使邀请了，我也不会去参加他的婚礼，更不会在他的婚礼上娓娓道来我和他之间的爱恨情仇。我和冯绍君之间的故事，怎可能用几分钟的时间就道得清；我对他的感情，又怎会只几个句子就能完结？

昨晚我做了一个梦，好长的一个梦。我在食堂吃饭，坐在我对面的一位男生端来一碗热气腾腾的牛肉面，放桌上后就跑去舀汤了。那碗距离我不到20厘米的牛肉面真是香，但是我一直埋着头，吃着自己碗里的饭。

如果时间可以重来，我一定会在认识他的前一刻调转方向。

入秋的第一天，他神清气爽地当他的新郎的那一天，我正在地球的另一边，在一个冰天雪地有圆圆屋顶的地方吹风，以及喂鸽子。

当小鸽子一颗颗啄我手心的玉米粒的时候，他应该正把手中的鲜花奉给她，牵着她的手，走过绿地，走过繁花，走过祝福和掌声，一起走向人生最重要的时刻。我猜他们的这一天，天空的颜色一定无与伦比的美。

多好。

旁边长椅上，一位陌生的老太太温和地给我递来一张纸巾。

她说："一定要相信，生活让你失去一些人，是为了让你有更多的空位去收获更美好的人。"

我低下头，泪水大滴大滴滑落。

那是22年7个月零9天。

未竟之吻

四颗糖，或者四个大枣

我握着最大那只大枣，有点不高兴地盯着苏绍祺手里的另外三只枣子。

苏绍祺咧开缺了两只门牙的嘴，说，康妮，别气，虽然葛绮有两只，可你这只才是最大的，而且，我一拿到，第一个就是给你哦。他的笑容，是除了我妈妈之外的天底下最好看的笑容。

我慢慢收回噘得变形的嘴，默默跟在苏绍祺身后，去到葛绮家门口，看着苏绍祺把第二大和第三大的枣子递给了葛绮。葛绮苍白的脸有了笑容，笑眯眯地看着我们。

我们三个走到操场西北角，在双杠旁的树墩上坐下，快活地啃起大枣来。有学生哥哥姐姐嬉笑走过，我们羡慕地看着那两个哥哥用手拨刘海，然后潇洒地甩甩发。我花痴地问葛绮，"不知道B安是这个样子的吗？"葛绮握着大枣的手心都激动得冒汗了，"听说郭富城才是这样子。"苏绍祺不屑地把枣核一扔，在沙池上玩起立定跳远来。着地时用力过猛，屁股狠狠摔在沙子上，我和葛绮哈哈大笑。

月色清灵。

我和苏绍祺、葛绮在小镇中学的教师宿舍平房里像牵牛花藤一样互相攀附着长大。我们一起背唐诗，练毛笔字，去石堆捡滚圆的小石子，小心翼翼地把路边野生的丝瓜苗移植到平房前的瓦盆里，每天浇水。

也许苏绍祺自小受他母亲的礼儒教导，很懂得照顾别人，尤其是照顾我和葛绮。只要他手上有三颗糖，必会分一颗给葛绮，分一颗给我。

只要他手上有四颗糖，必定会分两颗给葛绮，分一颗给我。

我和苏绍祺上学放学都不会蹦蹦跳跳或者追逐着跑，我们三个会并排慢慢踩着别人的影子走。每次上体育课，葛绮病恹恹地坐在花槽旁，同学们在场上绕圈跑的时候，我故意兜一个弯，跑到她身旁，摸摸她的脸蛋，苏绍祺则远远地冲她做一个鬼脸。葛绮开心地笑起来，如天上被风吹散了白云的澄蓝天空。

葛绮她有心漏病。

我喜欢拿表姐的磁带插进录音机里，反复播一首很好听的歌。我问表姐，这首歌叫什么来着？表姐正拿着一杯开水细心地用杯底烫着那件她最心爱的粉红色的确良衬衫，她说，"《偏偏喜欢你》。"

偏偏喜欢你。我记住了。

那是1991年。我们8岁。

雪落在凌晨

雪在凌晨像羽毛般从苍穹里飘下，我听见它松软着地的声音。这是孤单又冷清的雪。2003年，我在上海。

苏绍祺在广州，葛绮在珠海。一场高考，把我们三人分开，像一个圆规。可我只是圆规的笔头，他们是互相扶持的两只脚。

彼时，我常常收到苏绍祺的信息，"申花主场，有去看申花比赛吗？真羡慕你。可我这里的香雪队还一直丢脸。"看着窗外暗红的霓虹灯，我回复说"没"。

2003年是动荡的一年，中国足协宣布剥夺上海申花在本年的甲A冠军头衔，似乎为非典的到来与张国荣的死放起了哀乐的前奏。大街小巷播着S.H.E强劲激昂的《Super Star》，《东风破》和《遇见》在年轻人里极致了小资情调。我在上海看似繁华的宁海路里溜达，有点儿想念千里之外穿着黄色球衣一身臭汗的12号。

刚刚过去的寒假，我和苏绍祺，以及葛绮的父母，陪着葛绮在省人民医院折腾了整整一个冬天。葛绮接受了一个手术，医生在她的腹股沟穿刺血管，将导管引入心脏缺损部位，装置闭合器将心漏堵塞住。换言之，痊愈后的葛绮从此不再是病人。葛绮苏醒的那个晚上，正好是我在病房里守夜。她拉着我的手哽咽，用低得不能再低的声音说，"谢谢你的照顾，康妮。康妮，我终于能像个正常人了，我可以跟苏绍祺说我爱他，我可以做他的女朋友，或许以后还能嫁给他……康妮，这我盼了多少年，终于我也会有好的一天……"

我握着她的手，也哭得稀里哗啦。是啊，太好了，祝福你们。

次年，街头音响由《东风破》换成了《老鼠爱大米》的时候，苏绍祺和葛绮结伴来上海看我。甲B已经易名为中甲，东莞日之泉集团以象征性的1元获得了广州足球70%的股权，成为最大持股人之一，广州中一药业有限公司也以600万元冠名，香雪队易名为"广州日之泉中一药业队"，开始征战2004年中甲联赛。可它还是不争气。就像我一样不争气，似乎爱了苏绍祺很多年，却总是力有不逮。

苏绍祺和葛绮手挽着手，我看着他们笑。

睫毛忽然掉进了眼睛

1999年，我和苏绍祺每个周日下午坐上去县城的车子时，葛绮就在小镇车站朝我们拼命挥手。

日光下，葛绮拨了拨短短的斜刘海，甜甜地笑，笑里藏着一抹不易觉察的忧伤。说实话，我也很爱看这样的笑容，可我不敢认真地细看很久。

我们三个都考上了县城的重点高中，可葛绮爸妈担心她离家远身体难以适应，硬是把她留在了小镇中学。在摇摇晃晃的中巴里，苏绍祺抱着一台微型收音机，收听甲A联赛的电台直播。他递给我一个耳塞，我接过后，犹豫了一下，然后把头靠在他的肩膀上，像小时候。

90年代末的公路还是泥路，每有摩托车或小货车超车，就会扬起一股尘，纷纷扬扬飘进车内。我眯起眼看车外迷离的阳光。苏绍祺一动不动地，任由我挨着。我闻着他身上那股好闻的淡淡的汗气，突然抬起头看他。他竟也低着头在看我，保持着一个出神的姿态。看到我的突然抬头，他仓皇收回目光，有点尴尬地把头偏向另一边车窗。我心里既欢喜，又难过。

苏绍祺爱着一支不成气候的球队，据说它叫太阳神队。它可能代表着竞赛链里最低端的水平，屡屡听说它在甲B里挣扎与艰难保级。

整个高中，我常常抱着一本书坐在体育场边上，一边看书一边看球场里奔跑着的人。那个穿着黄色12号球衣的湿漉漉少年，充盈了我整个压抑的青春。他偶尔拿着两瓶水走过来，在我身边坐下，递一瓶给我，自己拧开了一瓶。

苏绍祺说，太阳神队什么时候才争气点，在甲B竟只混个第八，丢脸死了。

苏绍祺说，太阳神队改成了吉利队，不知能否带个吉利的运气来。

苏绍祺说，连吉利都走了，香雪进驻了，中国足球还有救吗？

我衔着椰子汁看着他笑，他也看着我笑。我说，若是葛绮也

在，那该多好，她忒喜欢足球，忒喜欢你。他沉默了。

高考完那个暑假，我的头发及腰了，穿着白色的棉布裙子，坐在夜色弥漫的沙池边的树墩上。苏绍祺看着我，憋住呼吸，把头慢慢靠近我的唇……

"哈！你们在干嘛在干嘛?!"葛绮喜吱吱的声音从后面传来。我和苏绍祺立刻坐直身子，回头看她。

她手里举着三个甜筒，佯装生气地盯着我们看。

"没啥……康妮说她眼睛进睫毛了，让我帮忙吹一下。你来吹你来吹，你们女孩子真是麻烦!"苏绍祺支支吾吾说道。

"不吹就不吹!"我站起身欢快地接过雪糕，没有显露出一丝一毫的不快。

葛绮在我们中间坐下，舔起雪糕说："你们是我这辈子最好最好的朋友。如果以后我的病真的治不好，我死之后，会狠狠狠狠地保佑你们。"

你的太阳神队

2010年3月，恒大集团以一亿元买断了广州足球俱乐部全部股权，当年的太阳神队正式易名为广州恒大。在该赛季的中甲联赛里，广州恒大提前四轮成功冲超，并最终获得联赛第一。次年，广州恒大以升班马姿态征战中超。

毕业后，我在上海挣扎了几年，有了一点起色。

没有人再直呼我岑康妮，而是毕恭毕敬叫我Connie姐。

夜里，偶尔有不同的男人上来我的住处。香汗淋漓之后，男人打开电视，刚好赶得上看恒大VS鲁能。

我裹了一件大衣站在窗前，点起了一根烟，听着唧哩啪啦的足球解说，看着无穷无尽的霓虹闪耀。这样的夜晚也是无穷无尽，极尽每一分每一秒都尚未天亮。

若干年前某个温润的嘴唇，带着夏天青草的味道，像此刻稍纵即融入地面的雪，刻骨入心。

2012赛季，广州恒大提前一轮夺冠卫冕了中超联赛冠军，成为历史上第一支卫冕冠军的球队；2013赛季的中超联赛，广州恒大提前三轮卫冕冠军，实现三连霸。

苏绍祺，这些你都还不知道吧。

你当然不会知道。

22 年7个月零9天

我辗转从黄牛手中，用9600块购了三张亚冠决赛门票，给葛绮寄去了一张。

2013年11月9日的晚上，我坐在广州天河体育场内，看着漫天起伏的红色海洋，恍如隔世。我和葛绮之间，隔着一个全程空着的位置。我没有看她。

两个女人，就那么安静地看着恒大和韩国FC的球员在场上卖力地奔跑。身边所有球迷喊得震耳欲聋，我的泪那么一滴一滴地落下来。

可苏绍祺，你不在。在你和葛绮联名买了结婚房子那天，在你和她发生激烈争吵后的夜晚，在全国人大常委会审议刑法修正案将"醉酒驾车、飙车等危险驾驶定为犯罪"之前的一个星期，你不在。

可苏绍祺，你的恒大还在，我和葛绮也在。多少年了，你是不是就在期待着这一刻。过去我一直思忖，如果中国足球让人有了盼头，我是不是就能鼓起勇气亲口对你说些什么。

终场的哨声吹响，整个广州欢腾。红色的海洋热血沸腾地唱起了《歌唱祖国》。我仍然没有看葛绮，就站起身离开。

我把心里的最后一句话咽下。葛绮，若我知道你后来会爱上

别人，那个你拿着雪糕站在我们身后的夏夜，我会不管不顾吻下去。

我爱了苏绍祺，22年7个月零9天。他给我的，是未竟的一个吻。

浪花有意千重雪，桃李无言一队春。一壶酒，一竿身，世上如侬有几人。

后庭花

那一夜，宫里挂起艳红的灯笼，喜气盈天。每一个厢房都灯火通彻，如同宫里每一个人都笑眉挂梢。那几乎是全世界人的喜日。

除了我。

月光如水，水如天。天空有很淡很淡的云飘过，但我的心头只有很密很密的云，与那要撕裂的疼痛。在那满世轰烈的时刻，我悄悄躲开后宫的管事，跌跌撞撞爬上一个遥远得听不见任何管乐的山头，簌簌泪流。天和地一片寂静，我听见自己身体里某部分破碎的声音，一种巨大的无言的感情让我觉得胸口很痛很痛。

我不算是什么，我只是李煜后宫一个毫不起眼的小宫女，卑微得可怜。而今夜，我一直深深恋着的六皇子李煜大婚了，与老臣周宗的大女儿娥皇小姐。

许多年后，渐渐老去的我对那晚独自在小山岗如何度过的记忆已经不复存在。唯有那晚的心情铭心刻骨。

那一年大婚，是保大十三年。

我不知道我是如何喜欢上他的，那个天生贵气的男人。我无依无靠，自幼在宫中长大，一切很自然地留意着那位最出色的皇子的一举一动。这么多年，他的一笑，一流泪，一举止，一投足，都牵动着我那颗卑微的心。从没有人否认他的丰姿特秀，风度和雅，才

情盖世。每天我在后宫的庭院里默默扫着落不尽的树叶，细细地回味他的音容笑貌，独自品尝属于我自己的喜悦。偶尔他信步在我扫的院落里走过，我慌忙放下扫把跪下，低着头，送他走远。他从来没有正眼看过我，甚至压根儿不知道有我的存在，我却仍然愉快，为能偶尔远远凝望他而满足。

我喜欢长时间地远远凝望他身上的那一份温和。在这个雄性特征过于明显的乱世中，他的温和让我感到生命的踏实与安定。

韶光似水，日子年年，我看着他继位，与大小周后情深意笃。我知道身为一个小宫女不应该有什么非分之想，但一想起他对她们的感情我还是会心中刺痛。他对她们的点滴呵护，对我都是残忍的凌迟酷法。想到大小周后春意漾漾的脸，我的心便一瞬暗了。可我没有任何办法。他的才情盖世，他的温和如雾与我又有什么关系呢？如我这样一个身处卑微的女子，怎能苛求得他一丝眷顾？哪怕仅得他无意的一个含笑点头，对我来说也是受太大的礼，我会无力归还。也许一切都是注定的，何需心绪难安？对于他，我只应该远远地仰望，不该超出我的本分，即使饱受煎熬，也心甘情愿，不敢奢望任何。我只不过是仰赖着对他的爱而生的脆弱灵魂。

我常常细细地端详自己的左手，我相信我左手那清晰的密麻交错着的掌纹里深深刻着的是他，我前世今生的所爱。我从没有机会看过他的手掌，但我知道他的右手里一纵一横载着的，却是别的女子的命运。

造物弄人，我也看着他不善的治国，战败，被困，国破，家亡。大多的宫人明就暗里离开昔日辉煌的皇宫，一时间，宫里安静下来。无奈中，他携着家眷乘舟北渡面降，我和十多个宫娥太监自愿跟随。

阴云低垂，冬雨绵绵。潇潇雨中，他独自站在船尾，回首金陵，悲怆难忍。雨水斜斜地从油伞无法遮住的地方打进来，穿进我的身体。我站在离他不远的地方，看着他的头发被江风拂起，泪如雨下。此刻的他，仅是一个孤独无依的背影。那一晚深夜，里舱舱门紧闭，他把自己锁在房里。纸张一张一张从窗口飞出来，我和其他宫女默默把它们一一捡起，捡起。一些来不及捡的纸张随风飘向江面。"江南江北旧家乡，三十年来梦一场。吴苑宫帏今冷落，广陵台殿已荒凉。云笼远怵愁千片，雨打归舟泪千行。兄弟四人三百口，不堪闲坐细思量。"字字带泪。我的心疼痛万分。

离乱之世，国破家亡虽痛，但仍能守候着他，哪怕他落泊不堪，仍让我凄苦的心有一丝温暖。我以为我是为他而生，即使身处卑贱，仍不能动摇心中的爱恋。

在汴京，生活的一切不如意，让他更加沉默寡言，终日借酒消愁。宋主也在精神上给他施加压力。小周后被封为郑国夫人，她也必须按惯例以降国国后的身份入宫侍奉宋太宗，深得宋主怜爱。每每花枝招展的她被皇宫人马簇拥着接走时，匿于厢房的他总是用尽一切他的力气把整个小厢房砸得稀巴烂，然后号啕大哭，长醉不醒。只有在他昏昏沉沉睡死过去的时候，我和老嬷嬷才敢蹑手蹑脚走进小厢房打扫。昏黄的灯映在他通红的脸，紧闭的目上。他依然俊朗，但已显得沧桑了。眉宇间布满愁云，熟睡也不得解。小小的房间充斥着浓浓的酒味。两位老嬷嬷小心翼翼地用热水帮他敷脸、洗脚。我深深爱着的男人此刻像个婴儿，昏睡中握着一个老嬷嬷的手枕在脸旁，像孩子瞬间找到了依靠，表情渐渐安宁。老嬷嬷慈爱地看着这个昔日辉煌豪情万丈的君主，老泪纵横。我轻轻把一地的碎片扫成堆，泪流不已。隔着摇曳的灯火望向他，我的心里充满钻心的疼痛。

太平兴国三年七月初七，是他的生日。他在"赐第"中给自己过生日，让仅剩的几个歌伎作乐，唱他不久前作的《虞美人》。"春花秋月何时了，往事知多少？小楼昨夜又东风，故国不堪回首月明中。"歌词凄凉悲壮，乐声闻于府外。

"雕栏玉砌应犹在，只是朱颜改。"他轻轻吐出这最后一句，悲伤而凝重。

我双手捧着果品站在帘后，眼泪无声地落下来。

席间歌声寂寞，人数寥落。小周后无限妩媚地偎依在他的胸前，不断为他斟酒。他的脸容平易，俊逸里存几分疏朗，渐渐已看不清他内心的喜怒哀乐。我望着窗口一片刀锋般的弯月，心里时而寒冷时而凄清地交织着一种复杂难言的情绪。

记起那一天，我捧着抹桌的清水站在走廊一角，远远望过去，看到他指着桌上那张纸，用温柔的目光看着小周后，柔声问："是你么？"她瞟了一眼那张纸，一丝愕然很快恢复成媚态，低下头笑意盈盈地点了点头。他轻轻地拥她入怀。我悄悄退回后院，无声无息地又拿起了扫帚。

那时天气已经转凉，走在府里的庭院里，每一阵风掠过，每一片叶子的坠落，每每令我心惊。是夜，我心神不宁，辗转难安，密密的云又布满心头。清鸦啼枝，仿佛预兆着什么。

四更时分，举府大乱，上下奔走的宫娥太监张皇失措，惊恐万分。混乱中我终于得知，宋王赐鸩酒，我心爱的人，已不在。

那一瞬，天和地骤然暗下去。

许久，冷冷的风才把我迷迷糊糊吹醒。在冰冷的庭院地板上挣扎爬起，木木地加入奔走忙碌的人群中。在我的背影里，人们看不到我任何的感情。人们亦无暇念及我。举府皆恸，唯独我，自此至终没流过一滴眼泪。

对于他，也许是一种解脱。

风又起，已是秋天了。

倘有来生，望君一切安好。

他死后，小周后不久亦病殁，随他而去。这对他也许是一种安慰，从此，再也不会有人从他身边夺走她了。

我与其他宫人几经易主，最后还是被逐出豪门，流散人间。

每年十月，无论我身处何地，历遍千辛万苦都要赶来北邙山。在他的墓前，列一排糕点，摆三杯清酒，点三柱冥香，泪眼婆娑。有时对着他细细说起前朝旧事，有时默默安静地陪着他，直至斜阳隐落。亦笑亦泪亦痛。我回味着往日的一切，如同干渴的人在沙漠里回味被他曾经怠慢的甘泉。是的，我需要一种依赖能够使我度过余生。我心爱的人，只有在你永远长眠于泥中的时候，我才可以如此贴近你，触摸你，亲吻你。我的爱情，就是这么卑微和怯懦。

每一次当我离开，坐在轻轻摇晃的清冷小舟里都会低低吟起他当年写的词：浪花有意千重雪，桃李无言一队春。一壶酒，一竿身，世上如侬有几人。

世上如侬有几人。

我将他从前为卫贤题的词曲解，言为我心声。

他永远也不会知道，那一天在他的书房里悄悄提笔接完他那一首没有写完的《虞美人》的人，会是我。

我的左脸颊有一道疤。十岁那年，他淘气的三皇兄在后院习武，顺手抄起手中的剑给我留下的。疤不长，但足以让见者触目惊心。

他也不会记得，当三皇子抽回剑尖时，是他飞快地跑过来蹲下，用他雪白的衣袖帮我捂住脸上不止地流的血，轻轻地说："侬，别哭。"

苍天易老。天宝旧事，尘雾茫茫。在静夜里醒来，仿佛看见有火焰将我、他和前朝的往事烧成了灰烬，祭奠着往日的自此终结。我在痛里泪雨滂沱。

我叫玉砌。

雕栏玉砌应犹在，只是朱颜改。

（二）断 桥

"给这段关系一个期限。"

"多久？"

"四天。"

"四天后？"

"两相安生，各不相念。"

清迈，你看当时的月亮

第一天

早上七点，邵浚北被敲门声吵醒。他睡眼惺忪打开房门，看见姜柔双手提着几袋早餐径直走进了820房，一边走一边朝门外努努嘴。邵浚北很识趣地走出门外，把门外姜柔的行李一件一件拉进来。

姜柔走进卫生间，把邵浚北的牙刷挤上牙膏，往水杯里注满水。再走出阳台，把早餐全数摆上小圆桌，欢快地说，"今天的早餐有泰式米线、海鲜汤、水果沙拉，还有西式三明治……"她转过身，又起腰对一直呆呆站着的邵浚北说，"邵先生，还不赶快去刷牙？"

邵浚北笑了，做了一个遵命的手势，顺从地走进卫生间。

邵浚北刷牙，满嘴泡泡对着姜柔笑。姜柔倚在门边看他，露出浅浅的酒窝。然后，她走到邵浚北的背后抱着他，把脸贴到他的背上。

气氛忽然有点儿伤感。

早餐后，邵浚北和姜柔手挽手走在清迈的街道上。道路上人不多，很干净，清静悠闲。清迈高大的建筑很少，车子经过的马路宁静慵懒，空气里弥漫着佛国特有的气息。姜柔说，难怪邓丽君这么喜欢这里，它真的让你身未动心已远，既来到却流连。邵浚北接话，对啊，就像《小城故事》里所唱的，若是你到小城来，收获特别多。两人相视而笑。

邵浚北为姜柔拂去黏在她头发上的小黄叶。姜柔停下，喊他闭上眼睛，为他抹去脸上的汗。邵浚北依旧闭着眼睛，等待着姜柔出其不意的一个甜吻。谁知，姜柔把臭臭的汗巾捂近了邵浚北的嘴边。邵浚北睁开眼睛，装作生气，姜柔笑着挽起橙色长裙快步跑了，邵浚北一路追。脚步声与嬉闹声惊醒了昏昏欲睡的清迈。

如果这场青石板上的追逐嬉戏，永远不会停下来，该多好。

第二天

远处的山峦上云雾缭绕，白云朵朵。不远处是清迈最崇高的帕辛寺，寺内古木参天，松苍柏翠，传来渺渺梵音。邵浚北和姜柔坐在瀑布边，把双脚伸进凉凉的潭水里，愉快地聊天。阳光迷离，那是一种内敛的快乐。

邵浚北说，"我还打过各种各样的暑期工，以前跟你说过没？"

"没。"

"嗯，那从初中开始说起。初三暑假干过搬运……"

"你以为写小说啊？搬运？一个烂开头！"

"是搬运工啊！在一家教学设备厂。我爸踹我去的，说是体验生活。很辛苦，累得半死！"

那一个下午，邵浚北和姜柔说起自己好多过去没来得及跟对方说过的事情，仿佛一口气要把前半生都讲完。邵浚北一边说一边活灵活现地做动作，"高二暑假去了一家餐厅干水台，就是在厨房切菜、杀鸡、洗猪肺、挑鲍鱼、剥虾子、削皮……"姜柔拍着膝盖笑疯了，问，"那有工资不？""有啊，一天35块。自己花的话多好！可那时赚了钱居然傻到拿去交学费，靠！"

"这七年里，你有什么要跟我分享的吗？就说你印象比较深的，或者这一刻想起的。"

"有一次去抓捕一个逃犯，呃，过程不说了，若迟半秒把他扑倒，你就会在电视里见到盖着国旗的我了。"

姜柔握着邵浚北的掌心，比画很久，半天才说出一句，"小心点。以后也是。你盖国旗不好看，特土。"

夜色降临。一盏，两盏，五六盏……整座城市的灯火在渐渐变亮。它温柔得不像话。

邵浚北拉着姜柔在湄平河边放花灯。满河摇曳闪亮的花灯承载着世人的梦想，缓缓漂到远方。姜柔眯着眼睛许愿。

邵浚北看着姜柔许愿的样子，竟忍不住俯下身去亲吻她。

那个吻太轻，轻得好像他们从来都没有经历过任何世事更迭，一如当年的光阴。

姜柔睁开眼睛，眼泪却不可抑止地掉下来。

他们已经在各自的人生里，经历了那么那么多。

第三天

下雨，滴滴答答打在葱郁的大叶子上。

820房，邵浚北在床上和姜柔并排看电视。突然，他一个翻身压住姜柔吻下去。姜柔闭上眼睛回应。邵浚北越吻越忘情，他伸出一只手放在姜柔面前，试图把纽扣解开。姜柔抽出右手，按住他的掌。她摇了摇头。邵浚北坐起，拿起桌上的水杯大口喝了两口，点起了一根烟。

姜柔拽着被子，无声地哭了。邵浚北摁灭了烟头，重新搂她入

怀，在她的额头深深一吻，说，没事，一切都听你的。

外面雨滴淋漓，姜柔和邵浚北留在房间里靠在一起看电视，一边吃零食一边大笑。仿佛一对寻常的恋人，也像一对熟悉多年的夫妻。有人说，对于一个人的了解，是在于懂得远离对方心灵的敏感区域，远观而不亵玩。但那一刻他们心照不宣地明白了，真正的熟识，应该是在踏进雷区后依然能全身而退的自如。

"邵浚北，这么多年，每当我想起你的时候，总会幻想和你一起吃饭，洗碗，晾衣服，看电视这样俗气的细节，淡淡无味，可是很烟火。过去我就是想和你过这样的生活。谢谢你，今日让这些幻想成真了。"

第四天

傍晚，邵浚北和姜柔坐在清迈的一家餐厅里。一抹斜阳的余晖突然打到了旁边庙宇的金顶上，现出金灿灿的光芒。

靠窗边的街道就是集市的一角，越过人潮的头顶，能看见佛殿的金顶，这样玲珑的建筑在这里到处都是。琉璃的庙宇灿若星辰。姜柔抬头看见屋檐头低垂的铃铛，微风过处，居然响起久违的清音。那是佛祖的梵音，轻柔地传入人们的耳朵，静止，化作一颗虔诚的心。不远处的街口立了四面佛，有人舀了浸润莲花的清水轻覆佛身，有人虔诚地行礼。

此刻，在他们进餐的清迈餐厅，正好有一对泰国新人同谐连理。新娘子羞赧地看着新郎，任由新郎牵起她挂满铃铛的纤手。

邵浚北远远看着清丽的新娘子，又看看坐在对面低头剥虾子的姜柔，心里有一句话忽然很想说。他几番踌躇，担心它轻薄于她，更怕徒添伤感。但他随即又鄙视自己，已经踌躇了上一个七年，却仍是连一句真心话都不敢说予她？邵浚北开声了："如果能够回到从前，我不会因为任何原因而错过你，我不会让我们只流连在暧昧当中。我会追你，会不屈不挠死缠烂打地追你，在你消失的那些年，我会去找你，用尽方法不惜一切代价地去找你，然后与你一同面对当年你家那个无比巨大的难关。然后，我会娶你，疼你，让所有人像羡慕那个新娘子那样羡慕你。"

姜柔低着头剥虾子。她听到了，轻轻"嗯"了一声，由始至终没有抬起头来。

邵浚北有些无奈，他的眼睛盯着前方，认真地说，"对不起。"

姜柔没有说话，停止了剥虾子，把裙子提起，缩坐在座位上。

邵浚北黯然地说："我很害怕会再次失去你。"

姜柔摇摇头，望向窗外，发现眼前一片模糊。

邵浚北伸手过来，将姜柔揽入怀里，两个人都没有再说话。

良久，姜柔挣脱了他的怀抱，用餐巾擦干净了双手。她站起身说，我要走了。

邵浚北也站起来，看着姜柔，满脸难过。

姜柔看着他，心里也满是难过，却说不出话来。她想抱一抱他，或者说些什么，但最终，她始终没有动。

只是时光不原谅你

在清迈转曼谷飞往香港的航班上，姜柔想起在缺了耳朵和鼻子的残破大象雕塑下，邵浚北说，"记得斯普特尼克号不？苏联发射的一颗卫星。它的内舱搭载了一只小狗。结果，卫星无法回收，后来甚至脱离轨道，不知飘向了哪里。想象一下，如果我是那只小狗，会想些什么，又会做些什么？我不知道为何这些年看到和想到这个的时候，会不可抑制地想到你。姜柔，我那些年应该去找你，不顾一切地去找你。对不起。"

"我当然原谅你。只是时光不原谅你，不再给你机会。"人造卫星环绕这地球，我们环绕着快乐哀愁。人与人的相聚别离，不就

（二）断桥

是冥冥当中的宿命安排吗？

姜柔哭得痛彻心扉。我和你之间的悲剧，应该要放在哪部电影里，而不应该出现在我们的生活里。

飞机上，姜柔用手捂住了自己的额头。她的右手无名指，有一个小巧精致的钻石戒指。那是一年前，在香港的一个教堂内，一个名叫沈遇的男人郑重为她戴上的。

两相安生

清迈转曼谷往广州的飞机徐徐起飞。邵浚北坐在窗边，看着眼下的清迈渐渐缩小，然后消失。一切，就如他和姜柔的关系。

大学时他们合拍无比，互相倾轧互相欣赏。人都说爱在暧昧未明时最美，于是他们就这样放任地最美着。这一最美的蹉跎，便是半生。毕业三个月后，姜柔忽地没了声息。邵浚北黯然许久，不断留言给姜柔，却从未得到回复。那些年，邵浚北每隔一段时间就用公安系统的信息档去查姜柔的资料，可她的联系方式栏里永远是那个过期的地址与电话号码。

长澹澹的光阴突然说断就断了，就像旧式电影的换片。

半年前，在一位同学孩子的弥月宴，邵浚北与姜柔重逢。那一刻，城市的广角镜头，雨天的足球场，残破的邮筒，荒芜草地里掉落的牙膏皮，晚霞里天空中飞机带过的长长云线，清晨地铁站里明灭闪烁的信号灯，倒视镜里渐渐退去的夕阳，七年前的回忆，七年里的思念，在双方心里忽如疯草。

后来。静谧的清迈承载了四天的厚重回忆，抵消了七年，抵消了前半生。日后，便是两相安生，各不相念。

邵浚北无奈地苦笑。他的左手无名指，也有一个环形的戒指。那是另一个女子，十个月前在婚礼上微笑着为他戴上的。

超级月亮

2013年6月的一晚深夜，姜柔在阳台晾衣服。她把衣服一件一件套上衣架。维多利亚港的风很大，撩起了她的发梢。这是一个拥有超级月亮的夜晚。月亮很大很圆，在江心上空无声照耀。满世界似披了一层白纱。天地美到极致的时候，竟然让人感动。

君住珠江头，我住珠江尾，日日思君不见君，共饮一江水。

仿佛是很久远的年代，很久远的事。邵浚北，你是否安好。

这一晚，深夜，妻子熟睡后，邵浚北在阳台抽烟。江风很大，拂过他的头顶。这是一个拥有超级月亮的夜晚。月亮很大很圆，在珠江江心上空无声照耀。满世界似披了一层白纱。天地美到极致的时候，竟然让人感动。

我住珠江头，君住珠江尾，日日思君不见君，共饮一江水。

仿佛是很久远的年代，很久远的事。姜柔，你是否安好。

如果可以和你肩并肩一同看超级月亮，那该多好。不过，我们已经注定了这辈子只能是这样。在我们将来各自的人生里，还有许多美好的东西发生，一切，只能在我的心里默默与你分享。最后，如姜柔在清迈的最后一天最后一次给邵浚北表的态一样，我们之间唯一的关系，是没有关系；最后，我们继续各自消失在各自的世界里，不留下任何可以寻觅的踪迹。

当时的月亮，曾经代表谁的心，结果都一样。

他在鱼的淡淡腥味里站着对她笑，潘妮也笑，这次她不再哭醒。

风中有鱼的味道

暴雨里的鱼

五月一个周日的中午，潘妮打车到机场接客户。在半路却被告知受暴雨影响，航班大面积延误，客户今天恐怕到不了深圳。潘妮叫师傅掉头，送她回住处。

雨越下越大，师傅回头对她说："姑娘对不起，街上的水太深，我不能往市中心开了，我在前面放下你好不好？"

暴雨内涝淹车的事，北京不是没试过。出租车是师傅的糊口工具，也无谓勉强人家。潘妮点点头，付了钱，很快下了车。

天色黄沉沉，犹如世界末日，暴雨越下越大。几个小时后，潘妮在商场里洗头吹发做完美容逛一圈出来，发现雨势小了，大街小巷却到处已成泽国，大车小车全部死死地泡在水中。

附近人工湖的水漫了出来。旁边的人说，水里肯定有鱼。附近商店的人陆陆续续卷起裤腿，拿着盆子等器具走入没过小腿深的积水里，乐哈哈地加入捉鱼人群中。过了一会，真有人从水里举起一条活蹦乱跳的鲤鱼，人们更振奋了。鲤鱼被扔进站在边上的人手里的塑料袋里，不甘心地啪啪啪抖动。

潘妮站在人群里，盯着红色塑料袋里腮子一张一合的鲤鱼发呆。

塘鲺的相濡以沫

潘妮也做过这样的一条鱼。但不是鲤鱼，充其量是一条塘鲺。

另一条塘鲺叫郭少乾。

潘妮刚上班的那年，在一家大型渔具店做收银员。2006年美国的次贷危机还没有波及中国，淘宝也还没有在这座三线小城市普及，实体店随随便便都能赚钱，何况是这家垄断了小城渔业的店。潘妮在大学修读的是日语，但在小城里，懂日语的作用并不比懂握杀猪刀大。

郭少乾是一个狂热的钓鱼发烧友，偶尔来潘妮上班的渔具店买东西。入夜的渔具店一般很少客人，两个售货员躲在角落掰指甲或打瞌睡。郭少乾瞄着这时段，今天来买个8字环，明天来买个铅皮，后天买个子线盒……

"姑娘，打个折呗。""9.5折。""熟客，再打低一点行吧。""最低9折。""有没有员工价？""有，员工或员工家属，8折。"说不清郭少乾是真喜欢她还是为了那个员工价，他三天两天地出现在渔具店，和坐在收银台里安静的潘妮唠嗑。两个月下来，他们不再在店里唠嗑，而是转移到郭少乾的小出租屋里了。

郭少乾的出租屋才十二个平方。除了一张床，一个衣柜和一张书桌，其他满满的都是他钓鱼用的器具。郭少乾是一家工厂的销售，认识潘妮之前，只要不用出差，他必定是白天上班夜晚钓鱼，工资除了必要的开销就是花在这项唯一的娱乐上。

每晚，潘妮在灯下一边看书一边等着郭少乾回家。只要他一到家，她给他热了饭菜，就提着鱼箱、砧板和刀走到走廊尽头的公共卫生间杀鱼。通常，郭少乾吃完饭提着烧好的热水过来洗澡的时候，潘妮还在刮鱼鳞。在哗哗的流水声中，郭少乾在浴室里一边淋浴一边兴奋地说着今晚的"战绩"，潘妮则蹲在靠门处用心挖着鱼肠，听他说话，嗯哪地回应。空气中充斥着洗发水沐浴露和浓烈鱼

腥的味道，潘妮有点恍惚。

这样的日子持续了三年零四个月。郭少乾是一个年轻的帅男人，他单纯且专一，有兴趣和童真，可是，他和她对人生的设想始终不能在同一条道上。郭少乾可以拿着两三千的薪水守着那半屋子渔具到老，但潘妮不可以。

潘妮最后一次杀的是塘鲺。她把两条塘鲺塞在桶里没添水，晾了半个晚上。两条干瘪瘪的塘鲺痛苦地互相挣扎。她伸手下去捉，被尖尖的须割损了手，鲜血淋漓。她的眼泪一下子就来了。她熟练地把两条塘鲺杀好，放在碟子里腌上油，摆在桌面上。然后把自己的衣物全部收拾好，带走了。

慢了一点点

闺蜜说，跟着郭少乾白白走了三年多冤枉路。

潘妮说，起码我知道了我不想要什么。

那两年，潘妮一边等杀鱼一边复习，日语过了N1级。她到了厦门，辗转进了一家日企做跟单文员，每日面对刻薄的老板，严苛的制度和虚伪的同事。她每天得跟着流水线一步一步走下去，若在哪个环节出了问题被打回头，她得跟人磨叽和返工，在限定的时间内重新快狠准地走一趟。一圈下来，唇干舌燥，两眼昏花。

第二年春天，经理问她，石家庄分厂需要一个主管，你愿不愿意去。那得跨越大半个中国，得忍受北方寒冷干燥的气候，得一切从头再来。潘妮说要好好考虑，接着她消耗掉了攒足一年的年假。

在拉萨，她遇到了一个男人。

一个女人，穿着在南方御寒的冬服，在一条看起来无比漫长的公路，看着山顶上雪白的屋顶一步一步往前走。一个男人从公路的另一边走来，同样朝着山顶走。潘妮和男人度过了一个愉快的悠长假期。看着男人举着相机站在山顶认真地和在头顶掠过的白云对焦的时候，潘妮想，这就是缘分吗？

可在离别前夜，那个据说来自石家庄的儒雅男人，给她开了一个大大的玩笑。潘妮庆幸，自己不见的只是钱包和手机。那颗准备交付出去的心，比他偷东西的动作，慢了一点点。

有空与没空

一个多年未见的高中同学发来信息，"我又来广州出差了，这次你有空见面不？"

那是2013年的初夏，广州的夜晚有别样的风情。潘妮从一个男人赤裸的胸前离开，娴熟地穿上内衣和外套，然后把仰卧的驾驶座弹回来。这时手机响了，男人一边系皮带一边接电话，说："回，加完班了现在准备回。"潘妮低头回复同学："有，当然有空。"

究竟是因为那个可恶的小偷，还是因为不想面对北方的干燥，那年潘妮最终没有去石家庄。半年后，一位客人介绍她跳槽到了广州的一家翻译公司，薪水翻三倍。潘妮的上司是一个高高瘦瘦温文儒雅的男人，戴着黑框眼镜，眼神深邃。他常常带着恬静的微笑，让人看得迷离和动情。

当然，他的喘息比眼神更迷人。

自从毕业后，潘妮和老同学只是偶尔在网上联系。那位同学来广州出差过两三次，和潘妮都没见上面。其实一个人吃一个人住一个人喝酒一个人去健身馆，能有多没空？潘妮不过是因为碰巧上司"有空"，她才对同学没空。

见面后，老同学把他手机里的全家福给潘妮看，两个三四岁的宝宝白白胖胖肉肉多，让人有掐住不放的念头。一晚上下来，老同学把他的工作情况、身体状况、老婆爱好、女儿撒娇、儿子打架全透给了潘妮。潘妮搅拌着杯子里的卡布奇诺，听着老同学朴实而自

豪的唾沫横飞，心里也有了一点期待。

次日上班，上司在办公室里对大伙说，今天是他老父亲生日，老人家喜欢热闹，想请大家到他家吃饭。这是潘妮第一次到上司的家，她手里提着一份既讨老人欢心又恰到好处的礼物，跟在众人身后。

上司的妻子果然很平凡朴实，甚至不善言辞。

上司的老父亲中过风，嘴歪，说不出话，口水流不止。他挨在轮椅上，动一动手，上司的妻子便快步走过来，知晓明白，服侍妥帖。吃饭的时候，老寿星呛到了一下，侧过身把口里的食物全吐在了地上，有股怪味。上司连忙帮他擦嘴，妻子连忙蹲下擦地。那种娴熟，不是只有责任，还有爱。

她笑了，笑自己昨晚辗转反侧的傻冒。上司转过头看到她的笑容，脸一下子焦了。

多盖一张空调被

她扔了一封辞职信就走了，跳槽到了深圳。妈妈说，深圳好，人多，单身好男人也一定多，"你都34岁了还完全没着落，妈要死掉，死不瞑目就是因为你。"

兜兜转转几年，潘妮的妆容越来越精致，工资卡的数字越来越大，心还是落落的有点空，可是具体又说不出什么。潘妮站在镜子前看自己，微胖，皮肤也略显松弛。有时候，潘妮会想起郭少乾。可是，兜兜转转才发现还是开始的那个是最好的狗血剧情，潘妮不允许在自己身上上演。不可以回望，不可以后悔。

这晚，潘妮站在她新租的公寓吃水果，28楼的阳台，从窗外望向下面一片汪洋。新闻说这场暴雨后深圳有两千多辆汽车被淹，有人哭泣，有人懊恼，有人气愤，有人无奈。那些款式各异的汽车在浊水、污泥与垃圾里动弹不得，却患难与共。

因为降温，这晚潘妮多盖了一张空调被，在温暖的被窝中她又再梦见郭少乾。他在鱼的淡淡腥味里站着对她笑，潘妮也笑，这次她不再哭醒。

（二）断桥

诺亚方舟前的大洪水是七天。

过了七天，洪水就泛滥在地上，大渊的泉源都裂开了，天上的窗户也敞开了。

七 夜

一分钟英雄

初秋的早晨，飞水潭里布了不少游泳爱好者。

潭水清澈见底。樊薇的脚放在拔凉拔凉的水里。她端坐在水边，透过粼粼的水面盯着水底嶙峋的石头，发呆。能有被拉长的光阴去发呆是一件幸福的事，至少，此时此刻不需要考虑任何事情。

忽然不远处有人大声疾呼。她来不及反应，身边一个黑影便迅速扎下水，朝着那堆扑通扑通的水花游去。

不一会儿，远处埋进水里的脑袋探出水来。大伙再一阵惊呼，夹杂着笑声——原来并非溺水，不过是一群年过五旬的超龄姐姐的一场闹剧。

樊薇的双脚还泡在水里，她看着面前那个游到一半停下来进退两难的人。过快的反应给他惹来了一些笑声。樊薇没能管好自己，也跟着很不厚道地笑了。

瀑布从山上直泻而下，依旧哗啦啦地流。

"英雄"浑身的衣裳都湿透了。他不好意思地看看远处那群姐姐，又看看四周那些笑着的人，一边掩饰着尴尬，一边朝岸边慢慢划回来。

樊薇抓起身旁的浴巾一扔，盖到了他头上。

当下漫漫无期

这是樊薇躲在这个被誉为"北回归线上的绿洲"景区的第二天，像猫一样窝在半山酒店房间的床上。麻绳一样的思绪和屡屡要喷薄而出的烦闷让她无处发泄，心闷得像被裹了好几层保鲜膜。她隐约知道心底那种巨大的不安来自何方，但她尽力不去细想，避免某种情绪被放大。

她把年假都花光了，对沈克维编了个出差的借口，独自来到了这个地方。

沈克维会固定早午晚三次给她发微信，说些"起床没，在忙吗，晚餐吃什么"之类的谈不上什么营养的话，或示意问候，或表达关心，或纯粹为了表达作为一名未婚夫的诚意。

樊薇也会回复，说些"出太阳了，你今天忙吗"之类的对白，随手加上笑脸之类的表情。只有她自己知道，或许更多的只是出于礼貌。除此以外，还真不知道两人还有什么其他的话题好聊。

大概一生都是这样子了吧。这样想想，真让人沮丧。

扔掉手机，她滚回了床上，心里渐渐生出更大的烦闷。最后她换了鞋子，冲进了夜色。

跑步是排解烦扰不安的方法之一，即使无法把大石卸下，至少可以暂时把思绪碾在脚下，踩成小碎末。哪怕它很快又凝结起来。

这是一条悠长的漂亮的路，从半山，一直悠悠通往山顶。路上有什么风景，见到了谁，樊薇压根没有留意。只知道过去的事情总是光阴似箭，而当下却是漫漫无期。

如果无法棋逢敌手

樊薇没有想到，她和沈克维会在半年前的一场普通相亲后一路走了下来，两个月前他还主动谈到了结婚。樊薇没有什么异议，当然也没有太多的期待。

樊薇不是一个很有欲望的女子，她不太上心婚后房子该买在城西还是城东，不计较婚礼酒席该是金碧辉煌还是时尚朴实，但她似乎始终在心里介意着一点点其他。尤其是婚礼日期被双方家长像赶鸭子一样敲定和推进之后，在距离婚礼越来越近时，那点小介意就像拔不干净的草头，越长越过分。

具体是什么？不大好说。

沈克维是一个油水衙门的小公务员，世故，带点小滑头。许是因为他显赫的家世，他连湘西在湖南还是湖北都分不清，对《挪威的森林》只知道伍佰而不知道村上春树，却带着莫名其妙的优越感。

她不大清楚他到底喜欢自己什么。在他眼里，她永远是安静和干净的，干起活来利索又有力量，做起家务来温婉而娴熟。她谈的书和电影，说的冷笑话，他要等待片刻才懂，或者就干脆不懂装懂，讨好、掩饰地附和笑笑。

她更说不清自己喜欢他什么，或者说，"喜欢"是一个太奢侈的词儿。她等了快三十年，在最好的年华里一直保持着最漫无目的的等待，却似乎从没遇过心心相印两情相悦的人。所以，她只能遵从母亲的眼泪和世俗的意愿，在"合适"的年龄，找一个条件差不多的人结婚。

最好的爱情，永远是棋逢敌手，或者将遇良才。可倘若寻不到，将就是否就是唯一的出路？

此题无解。

此时此刻

樊薇在酒店房间，透过黑夜的窗沿看着对面的阳台。半山酒店是分体小别墅。那位飞水潭里的一分钟英雄是她对楼的住客，高高的个子，小小的眼睛，不大爱笑。

他抽起烟来，不像一般男人那般长长地放肆地呼气，而是用左手拇指和中指轻轻地捏住烟嘴，焦虑地小口小口地吸，最后还剩下小半截时，会用一点狠劲掐掉它，看得人莫名其妙地心疼。

作画时亦是如此。

那晚樊薇跑到观砚亭附近便停下了，呼呼喘过气后，她坐在了离亭子不远的幽暗的树影下。

周围很安静，头上繁星点点，一位男子在观砚亭里的灯下作画。只见他轻轻地挥动着手里的画笔，时不时侧头沉思，或者若有所思地看看远方。远处，是一片温柔的万家灯火。每隔一段时间，山下便有火车呼啸而过，传来被空灵的山谷涤静过的鸣音。

樊薇就这样一直一直看着，许是奔跑后释放了过于浓重的情感，许是那夜月色太撩人，她的怨念和不甘竟然一点一滴地消退了。心里，好像有一道口子被划开来了，暖流像奔向春天的小溪，涓涓而出。

月光像牛奶一样从树丛中流下来。他们在观砚亭里默默对峙了半晚。爱情来得莫名其妙，毫无逻辑，又理所当然。也许在爱情里根本就没有什么道理可言，有时仅凭一瞬间的感觉控制。在无边无际的人生里，忽然惊觉云层之上有灿烂。

闺蜜梁一宙曾说：一个人一生会爱上很多人，"一辈子只爱一个人"从生物学角度来说，是谎言。你对别人有好感是正常的，何况好感也不一定就是爱情。

"你不觉得我不应该？"

"切，我们才三十岁，在未来漫长的人生里我们还会遇到很多人，我也不知道自己将来会怎样，如果有优秀的人出现，我也不敢说我不会倾慕啊。"

瞧，说得多轻松。但那又怎么样？世上再高明的医生，都不自

医。此刻，梁一宙拖着一个大行李箱，一副生意失败的模样站在樊薇的房间门口。

醋该怎么吃

梁一宙发现了老公的一些不寻常的蛛丝马迹——之所以称得上"不寻常"，用脚趾头都能想到是跟其他女人有关了。

听了半天，樊薇理出来了，大意是梁一宙智勇双全地发现了老公和另一个女人有略带暧昧的对话和交往，假如不及时掐死这个小苗头将会燃起熊熊大火等等。

"那就掐啊，只要有可能，建后宫是每个男人的梦想。"樊薇说。

她知道梁一宙绝对有能力独立去解决这桩小事，说不定她已经有了全盘的想法和做法，只是她无法容忍一向完美的婚姻出现了不和谐的音符，难以接受当年从一堆追求者中精挑细选出来的那个男人如今竟也有了叛意，于是把事情变得天那么大，然后隆重上演一幕离家出走的戏码而已。

"你上心一点行不行？我现在很烦，很烦啊！若是你沈克维这样，你难道不痛苦?!"梁一宙不满。

樊薇无意识地"噗"地笑了出来。换了是沈克维有出轨迹象——她转动了一下眼珠子努力让自己入戏，发现自己倒真的一点儿感觉都没有。笑完瞬间她就觉得不妥了——这是即将与那个人步入婚姻殿堂的自己该有的反应吗？

樊薇走到窗边，再次拉开了一点点帘子。对楼男子的阳台来了几位大学生模样的人，有男有女，毕恭毕敬地称他为"杜老师"，一伙人聊得正欢。一位穿白裙子的长发女生掏出口琴，吹起了悠扬的曲子。男子靠在椅子上一边听着女学生的演奏，一边有意无意朝樊薇这边的窗户看过来。他的嘴角带着淡淡的笑意，眼神明亮，很绅士很温和地朝樊薇，看过来。

"在看什么？"梁一宙把头探过来。

她看看樊薇，又看看对窗的男子，瞬间懂了。梁一宙从鼻子里哼了一声："你完蛋了。《月亮代表我的心》？你还记得下一次月圆的时候，就该是老沈家的人了吧？"

樊薇白了她一眼，放下了帘子。

放火者

东方泛白，万物继而渐渐变得金黄。软和的第一抹晨光洒落在了山上，落在了樊薇和杜渐身上。不知何时，他与她的手已经交缠在一起。他们像两个迷路太久的人，终于找到彼此，纵使对过去一无所知，对未来毫无把握也没有关系，手心与手心轻轻摩挲，指尖与指尖相触，缓缓生力。

什么都不必说，好好感受这一刻好吗？就像梁一宙说的，只有你自己才知道自己需要的是什么。两个人之间夹杂的东西太多，不是逃避、压抑，或者无视就可以解决所有的问题，有些问题是不可以用理性去分析的。

那晚从观砚亭往山下走时，那位叫杜渐的男子从樊薇身后追了上来，并递给她一幅画。那幅画并不是樊薇所想象的山谷夜色，而是一位眉清目秀的姑娘。姑娘安静地坐在树影下的栏杆旁，眼神温婉而清丽，穿过夜色，直透心田。

樊薇的脸唰地红了。她一直以为自己处于一个幽暗的自由的可操纵进退的境地，谁知能操控一切的人似乎并不是她。

说不清这是一种什么样的快乐。樊薇内心那些巨大的纵横的沟沟壑壑，正在一点一滴地被填满。披着丛林里洒下的缕缕阳光，她甚至在某些时刻恍如隔世——如果这样的日子，永远没有尽头，那该多好。

这是多么快乐、无稽和令人沮丧的一件事。

永　夜

今夜，是杜渐和他的学生们留在这个景区的最后一夜。明天他即将启程，回到那座遥远的，他一直生活着的，她一无所知的城市，谦逊温和，教书育人，继续做良夫慈父、友兄恭弟。

观砚亭仍是一个秘而不宣的约定。

梁一宙此刻像个大爷一般靠在床上，一边摁着电视遥控器，一边饶有兴致地看着樊薇化妆，以及挑选衣服。樊薇特意选了一条裙子，棉麻的，滑滑的，凉凉的，风掠过会摇。

今晚应该说些什么呢？

从山顶往下看，可以把整座城市尽收眼底。远处流动的车河，绚丽的灯光，一切可以因为身边有一个人而涌起无限的爱意。这座城其实真是一个漂亮的地方，恬静，安宁，不谙世事。如果可以天天和心爱的人一起手挽手走在鼎湖山这条绿意浓郁的山道上，会是什么样的感觉？

"下雨啦。"梁一宙像看到一个大笑话一样，转过身对樊薇说。

果然。小雨从天空中漫漫飘落，像雾一般轻而连绵不绝。南方初秋的鲜红、黛绿、金黄，和暗黑的天空混杂在一起，颜色变得难以形容。

"今晚要给你留门吗？"梁一宙托着一个大苹果开始咬。

"我回来就等，不回来就不用等。"樊薇认真地涂着口红，头也不抬地说。

"樊薇，你节操碎了一地。"

"嗯哼，我装作没事儿地捡起来。"

"切，你还真不怕下地狱？"

"怕啥，地狱有你。"

出门之际，樊薇忽然转过头，问梁一宙："你说，我们会有结果吗？"

"你在问一个只有他才知道真正答案的问题。"梁一宙第一次认真地、意味深长地笑。

樊薇：在大地被淹没之前

起风了。

火车穿过浅浅的雨雾，在午夜里飞奔。梁一宙已经熟睡如猪。窗外盏盏灯火融化在被雨打湿的玻璃窗上。

今夜本是我和他在观砚亭的最后一夜。

听说，过于美丽的景致，容易让人变得强大，或者脆弱。当我第一次见到杜渐，并对他很有好感的时候，我问自己，是不是因为他为我打开了一扇全新的窗户，从而觉得他就是骑着白马来寻我的王子。因为对生活心有不甘，所以包含了良多对爱与未来的幻想。

嗯，也许是的。虽然我已经过了少女那个容易倾慕人的阶段。

没错，我喜欢杜渐，没有什么目的，就是喜欢而已，也不知道因为什么而喜欢。见了他，我就觉得内心有种情感在逐渐膨胀，不动声息地发芽、生长、茂盛，以及等待腐烂。春花秋月，冬暖夏凉，黑夜晨曦，延绵不绝。

可生活哪会尽如人意？不是凡事都会有明天的，即使曾有缘同行某一段路，都改变不了你我人生各自既定的轨迹。即使我再任性，也知道比感觉更重要的，是时机。如若早三五年相见，何来内心交战？也无需矛盾地，一边隐忍，一边探就。

诺亚方舟前的大洪水是七天。过了七天，洪水就泛滥在地上，大渊的泉源都裂开了，天上的窗户也敞开了。彼时怀山襄陵，水深万丈，我又该何以泅渡？

所以，在大地被淹没之前，我逃了。

所谓情分。

时光和男人皆凉薄

暗 战

胡歆走进饭店的时候，才发现包厢里不止一个人。

邹冬闻坐在边上，慢悠悠地给他的妻子和女儿夹花生。看见胡歆的时候，他不由得眼前一亮，但微微侧头看了看妻子，没有立刻弹起迎接。他只抖了抖两只腿，一缩："老同学，好久不见啦。"

邹太太穿着俗气的碎花短裙，戴了一副褐色的圆眼镜，头发简单地梳向后脑并打了一个结。她坐在座位上，刻意保持着气定神闲。他们的女儿年约五六岁，皮肤黝黑，一头箭猪般的短发，只抬头看了胡歆一眼，口都没张便低头继续玩手机。

邹冬闻吩咐她："箐箐，叫姐姐。"与此同时，邹太太也教："叫阿姨。"

三个成人不动声色尴尬了两秒。胡歆笑笑说："你叫菁菁对吗？好乖女哦，上中班还是大班？"

一顿饭下来，胡歆觉累。她努力胡扯孩子学钢琴与书架上热卖的儿童读物，也扯扯新近开通的贵广和南广高铁。

这时邹冬闻的电话响了，接听后神色变得凝重。胡歆不慌不忙替那一家三口再次添了茶水，说："要不你们先走吧，我男朋友他姐说过来接我，我在这儿等一等她。"小女孩压根还是没表情，但邹太太绷紧了一晚的脸弦总算略有松弛，想必是"男朋友"这词奏了效。她百分百肯定邹太太知晓邹冬闻以前狂追过她的事，以致她今晚当了一晚上的假想敌。

不冷不暖的告别在寒气逼人的冬夜算是不过不失。她简单地挥手告别后便再次坐下。她甚至没有说再见。兴许是因为在心里思忖了整晚，她和邹冬闻再也没有必要见。

这次出差到A城，难得约他出来叙叙旧，也算是对他们的过去有个交代。

九点半，是个不早不晚的时间。她在微信打了几个字，"今晚和邹冬闻吃饭了"，滚动片刻，朝梁斯武发了出去。

草绿色球衣和瓦尔登湖

2006年的邹冬闻皮肤黝黑，总喜欢穿一件草绿色的球衣。他笑容很憨，总是在晚自习后约胡歆溜达校园、吃夜宵。

胡歆比他低一届，可他愣是在大四临毕业时才发现有胡歆这个人。据说，每天原来只懂吃喝睡觉打游戏等毕业的他看到胡歆时眼睛里冒出了火焰。送花、送炖汤、逛动物园，逗比的无聊的深情的都用上了。用别人的话说，是时间不待人，他的追求有机会热烈，却没机会持久。很快他毕业了。

2006年早就不流行写情书了。在胡歆三番四次拒绝后，毕业后很长的一段日子里，邹冬闻仍三天两头坚持给她发短信，说些"吃饭没""睡觉了吗""下雨了没带伞"这些没什么营养仅能刷刷存在感的东西。胡歆一向带点高傲，始终淡淡然。她感觉，对于已确定工作单位只是在等拿毕业证的邹冬闻来说，自己只是无聊打发时间的对象。可是，离校前夜，他一个一米八的大男人喝得酩酊大醉抱着她哭怎么解释？

梁斯武是邹冬闻的室友，聪明、优秀而带点狡黠，是胡歆喜欢的那一类人。邹冬闻喜欢的是胡歆的俊俏和清纯，可梁斯武欣赏的

却是她的一点小才气。

梁斯武和她也是在他大四最后一个学期才认识。说来巧合，他和她在图书馆先后分享同一本《瓦尔登湖》。就像那个遥远的隐士梭罗说的，"我们也许不能够在一个约定的时日里到达目的港，但我们总可以走在一条真正的航线上。"

可梁斯武身边总是有女伴，先是师姐，再是外校小妹，再是兄弟单位的同事。胡歆一直和他保持着不咸不淡的联系。他们会一起聊聊最近看的电影，新近看的书，他偶尔还会说些没心没肺却让她辗转难安好几天的暧昧玩笑。纵使对他一直有着难以名状的好感，可胡歆觉得自己跟他总有条鸿沟。她仿佛是个千年备胎，或者是个好用的千斤顶。

毕业几年后，隐约从梁斯武处传来消息，邹冬闻结婚了。

当时挂掉电话后的胡歆呆了呆。

如意算盘

几个月后，母亲告诉胡歆，她父亲病倒了。胡歆连忙赶去了父亲家。

父亲早年买下一个山场种植桉树，还有一年就到既定砍伐期，但最近上面传来消息，市里即将出台新政，将不会颁发桉树采伐证。一山头的桉树以后只能看不能砍，父亲的毕生积蓄将化为乌有了。这段时间父亲东奔西跑，想提前办证采伐，可上面的人左推右挡，硬是拖着没个确切说法。父亲急火攻心，老毛病犯了。

胡歆父母早年离异，父亲在A城另组家庭，两个孩子才不到十岁。坐在回酒店的出租车上，胡歆想起只会坐在床边抹眼泪的继母和两个弟妹，用手机银行查了查账面积蓄，咬咬牙，拨通了邹冬闻的电话。

邹冬闻虽然在一个普通单位供职，可他母亲是A市林业局的高层。

想不到这次见面，邹冬闻竟是一个人来赴约。胡歆笑笑，穿着高跟鞋的小腿悄悄把装着限量版粉红芭比和价格不菲的名牌化妆品的袋子小心地踢进了大圆台下的最深处。

没有邹太太和他们女儿在，以"想当年"开场的话总是数不清的。一晚下来，邹冬闻有些醉意，借着欢笑的空当，他不经意地摸了摸胡歆的耳垂，又无意地拍拍她的大腿，偶尔来一句："师妹你还是跟以前一样好看。"

胡歆内心有点恼怒却不好发作，只是巧妙躲开。每一个女人，在她喜欢的男人面前都是百般娇媚的，可她确实由始至终都对他无法喜欢起来。她把话题一点一滴往那事上扯，最后才声若蚊蝇，"我爸在采伐证这事儿上摊上点麻烦了……"

邹冬闻立刻就明白了。

他立刻打哈哈，说这事"有点棘手"，加上他妈妈"去年已经病退二线了"，不过"关系还是在的"，他"得花点精力去活动一下"。

"别说那么多，咱们老同学叙旧，继续喝！"邹冬闻回头叫服务员再送了一瓶洋酒进来。不知是因为一向清傲的胡歆央他办事，还是因为见到当年拒绝过自己的女人也会有低声下气的一天，邹冬闻异常高兴，喝到痛快处竟搂着胡歆在她耳边轻轻吹气："你爸的事包在我身上。今晚陪我如何……"

在职场打滚多年，胡歆早就练就千杯不醉的本事。何况没有人真的那么笨把那么多的浓烈液体如数放进自己的肚子里。

天上没有白掉的馅饼，道理大家都明白。可是只一顿，便想得一夜，如意算盘未免打得太好。

看着很快伏倒在桌面上的邹冬闻，胡歆去结了账，叫服务员用电话通知了邹太太，起身离去。

（二）断桥

最后一次出现的隐士

胡歆做了一个梦。

那位独居在瓦尔登湖畔的隐士梭罗，在小木屋旁开荒种地，春种秋收，自给自足。他与自然交朋友，与湖水森林和飞鸟对话，在林中观察动物和植物，在船上吹笛，在湖边钓鱼。只是忽然风起云涌，波澜袭来，一双浑浊的眼睛让她几乎窒息……

醒来是凌晨三点。床头有一本《瓦尔登湖》，那位孤独又富有的隐士说，"所谓的听天由命，是一种得到证实的绝望。"

看来这次真的不得不去找找梁斯武了。这段日子，胡歆动用了所有的人脉，也无法让父亲那件事有什么实质性的进展。

梁斯武在园林局，可园林局和林业局有毛线关系？但胡歆在A市并无多少人脉，只能厚着脸皮一搏。

约梁斯武出来她用了很多勇气，对梁斯武说出帮忙的请求更是像把毕生的气力都用上了。羞涩如影随形，利益的介入或多或少消耗了她和梁斯武之间类似知己的暧昧与微妙情意。她一再安慰自己：事情不是什么难事，何况他也不是什么登徒浪子。尽管相书上说嘴唇薄的男人天性凉薄、忘恩负义，可胡歆并不相信，毕竟快十年的交情。

梁斯武比她想象中的反应要快要准："你知道我单位是园林局吧？虽然都跟树木打交道，但跟林业局性质完全不同……林业局那边我不认识谁呢，想帮你搭线都没路子……师妹对不起，你这事我没法帮忙。你瞧我人模狗样的，其实混得不怎么样……"

胡歆看看他，又确实是挺人模狗样的。她忽然就镇定了下来。

父亲的事她轻描淡写带过，不再提，和渐渐放松的梁斯武聊起了文学、音乐、艺术和人生。当然还谈及了那个有过共同记忆的，在遥远几百年前就已死去的隐士。

餐桌上很快恢复了老朋友会晤的气氛。言笑晏晏间，胡歆想，也许这是他和她最后一次聊起那位远在瓦尔登湖畔的疯子了吧。

天　性

后来，胡歆有时会在洗碗的时候想起一下被她拉黑了的邹冬闻，也会在喝咖啡的空当脑海里掠过渐渐没了联系的梁斯武。据说梁斯武不久之后结了婚，碍于他在林业局当一把手的老丈人的关系，酒席只能申请可怜的二十桌，她当然不在受邀名单上。

周末小区有个募捐活动，胡歆把家里的一堆旧书送去了募捐点，包括那本跟了她很多年的《瓦尔登湖》。这个时代已经再也没有人提起那个遥远的湖边追求精神完美的隐士，尽管他写过的句子曾经占据了她整个青春，但是她想，应该要慢慢清空。

这晚胡歆在微博的热门话题里看见了一句话：时光和男人皆凉薄。

虽然是很矫情的一句话，可细想起来却也不无错误。在两性动物里，女人肤浅而多情，男人深沉而薄情。有些人会在嘴上说各种欢喜的话，但内心往往虚伪和无情。还有多少男人连欢喜的话也吝啬，留着不远不近的距离，让你暗自猜测着，到底是不甘心的"只能是"，还是口是心非的"不只是"？所谓情分，往往就是如此凉薄。

可凉薄本就是人的天性，你又凭什么去要求别人？

在路程的1/3确定标准，又用1/3检验并修正，在最后的1/3中取标准最高一类中的一个，这才是最佳策略。

苏格拉底的稻穗

D 罩杯

海棠踌踌躇躇跟在队伍的背后，时不时为难地看看远处的小伙伴。同伴们把手交叉放在胸前，对她纷纷致以深深鼓励的眼神。海棠的脸囧成一团，难看得要命。

前面那位男人捧着可乐慢慢挪开了脚步，收银员小哥的笑脸冲过来："欢迎光临！请问要点些什么？"

海棠绝望地看了小伙伴们一眼，回过头看着收银员小哥，递过去20块钱："我要一杯可乐。"

"好的！请问您大杯还是小杯？"

好吧，愿赌服输。海棠深深吸了一口气，把囧脸摆正，挺胸收腹，伸出双手佯装托了托自己的大胸脯，大声回答："我D罩杯！"

"啊？"收银小哥明显被吓到了。周围的人的目光循声而至。旁边那位咬着吸管玩手机还未离开的男顾客也松开了吸管，盯着海棠哑然失笑。

三秒钟后，海棠低着头溜回了小伙伴当中。她把餐牌举起挡住自个的脸，把头深深埋进了桌子里，完全不管笑疯了的同伴们。

"小姐，你的可乐和零钱。话说，可不能硬充大头鬼哦！"男顾客把一杯可乐与11块半放在她的桌面上，顺势坐下。

小伙伴们再次笑成一团。

海棠明白他的意思。她坐直了身体，对男人翻了一下白眼："你哪位？我充不充大头鬼关你什么事！"

"在下陈照棠。"男人笑嘻嘻地说。

"啊哈，海棠，难怪他会罩着你呢！"一位笑得上气不接下气的同伴不假思索地接话。

资深玩家

陈照棠是玩家，资深那种。不然，他不会懂得抓紧机会在一次集体的笑声里顺势加入了海棠的圈子，并且拿了海棠的联系方式。

在微信聊了一个礼拜后，他就能把聊天的内容从清晨的天气、下班的路灯与睡前的晚安引去其他方面了。

他发的"其他方面"很暧昧。带点露骨，让人牙齿痒痒心痒痒的，但又不能说是色情。

海棠不置可否，她只是报以微笑，并不顺着他的话茬接下去，也没像未见过场面的小女生那样大呼小叫表示抗拒。

对他偶尔的邀约，例如出来吃吃饭喝杯咖啡，海棠也并非每次都应约，很多都巧妙地推辞了。推辞的借口很妙，不会让对方碰一鼻子不爽，会让对方心甘情愿地接受，而且还为下一次对方的再次邀约提供了无限的遐想与希望。

说实话，脸型尖尖、高高瘦瘦戴着一副黑框眼镜的陈照棠很符合海棠一贯的审美标准。他笑起来的时候，会不自觉用右手拇指拨一拨眼镜中间。这样一个不经意的小动作，莫名其妙让海棠增添好感。

对于这种玩家，海棠很容易就掌握了他的套路和节奏：急促、频繁、殷勤，想速战速决。

可她只喜欢节奏由她掌握，所以她必须打乱他。

她喜欢慢慢来，所以她必须掌握火候。

陈照棠发来一张照片，问海棠，觉得哪个最好看？

CPB唇膏有三个颜色。海棠说，蜜桃色最诱人。

是的，我也觉得这个最适合你，陈照棠说。继而他推送了地址过来，显示距离海棠不足100米。海棠左顾右盼，在十来米外的地方发现了他。

两人默契地相视一笑。

跟各自的朋友道别后，海棠上了陈照棠的车。陈照棠递给她一份包装精致的礼物。海棠用手指掂了掂，淡淡一笑。一拆开，果然是CPB唇膏，蜜桃色。

车子里播着一首轻慢的音乐。赵雷很安静地用吉他讲了一个故事，像北方冬日的阳光，有些遥远，但足够温暖，能在其中沉沉睡去。海棠觉得自己的心慢慢要被填满了。

车子启动后，他与她同时把手伸向纸巾盒。她快手地抓起一块纸，递给他。他接过，狡黠地看了一眼她，递给了她。

她心领神会，接过了。从小坤包里掏出一面小镜子，用纸巾小心翼翼地把嘴唇拭擦干净，再把蜜桃色的新唇膏涂上。

末了，她对着镜子"叭"地动了动嘴唇，然后看向陈照棠。

在赵雷悠扬的《南方姑娘》歌声中，陈照棠的右手慢慢从方向盘移向海棠的裙子上，继而握住了她温暖的左手。

海棠像未经世事的小姑娘，轻轻颤动了一下，任由他握紧了。两人暧昧了三四个月，这段前戏也足够漫长了。

或许，可以给他一个机会吧？

他并非是不可以考虑的稻穗。

他的麦田

下午三点四十分，陈照棠说，心情不好，不想做事。

发出只消几秒，就收到回复：老地方喝杯东西？

他回复"好"。于是发动汽车引擎，朝湖边的酒吧街开去。

在等红绿灯的当口，他拿起手机，看到另一个回复：为什么心情不好？我在开会。

他把手机放回原位，双手放回方向盘上，继续用冷峻的目光盯着前方。

隔了一会儿，手机再次轻轻震动了一下。他不再看，径直驶入了车流汹涌的星湖大道。

从公司楼下到达湖边某饮吧，正常来说只需15分钟。可那天前方遇上了小型交通事故，两车道变成了单车道，陈照棠不得不跟着车队龟速了20分钟。当他到达湖边饮吧的时候，宋小姐已经等了20分钟。

宋小姐坐在高脚凳上，柔软的碎花长裙从凳子下温顺地垂下来，刚好没过尖细的黑色高跟鞋。她保持一贯的气定神闲，对他绽开的笑容跟她面前的玫瑰花茶一般诱人。配上他送的双生玫瑰色CPB唇膏，简直绝配。

陈照棠合上手机，没空搭理正在开会的彭小姐与忙着在税务局办事而迟了回复的海棠了。

其实蜜桃色还是双生玫瑰色的CPB唇膏，印在一个男人的脸颊上能有多大区别？有区别的，只是嘴唇的温度，以及身体的柔软度。

资深玩家的暧昧对象，又岂会只有一个？

她的麦田

大熊问海棠，最近在忙什么。

海棠左手合上手机，右手把沙拉酱挤在一盘沙拉上，抬起眼睛朝他笑："那你呢？最近又在忙些什么？"

大熊为海棠的杯里添满了香甜的柚子茶。海棠举起叉子，把切成了一小块一小块的牛扒放到了大熊的碟子里，继而两人默契地相

视一笑。

说两个人是朋友吧，但两人有定期地约会，而且朋友不打这么暧昧的；说两人是情侣吧，但火候还欠缺了一点。

继而，两人低下头安静地吃东西。

大熊这人呢，按照当前的择偶标准来看，职业、外貌、口才与反应都不错，总体来说是一个还行的人，但是不是最正确的人，还有待商榷，海棠想。

最重要的是，欠的是感觉。就是因为有所保留，所以纵使和他暧昧，她也跟他保持着距离。至于前进与后退，有待观察。

吃完饭后，大熊建议跟海棠去湖边散散步走一走。

湖边？当然不行。多容易碰上熟人。海棠仰起天真无邪的脸蛋，对大熊笑："我想去吃甜品。你可以陪我吗？"

大熊笑了，伸出手拍拍她的头顶："好，真馋！"海棠没有躲开，还乖巧地理了理衫尾，小碎步跟上，配合着他。

一个跟你暧昧了半年的男人，若你总是一副冷若冰霜高高在上的模样，没有给对方丝毫希望，谁愿意花时间跟你耗下去？海棠给的反应，恰到好处。

不造作，不轻浮，不急进，不冷漠。她旨在告诉大熊，而相信大熊也都get到了：我没有拒绝你，说明你再坚持一下可能还会有机会的；说不定假以时日，就水到渠成了。

所谓资深玩家，不应该仅仅只是陈照棠一人。

谁是谁的稻穗

转眼到了冬天。

陈照棠在深夜发微信给海棠，说今夜无眠，不如一起出来兜兜风。

半小时后他出现在海棠家的楼下。海棠穿着漂亮的裙子站在街角，喝得微醺。上车后，不等陈照棠开口问，海棠就说："知道今天是什么日子吗？"

"嗯哼，什么日子？"陈照棠极力回忆与搜索。见此阵势，他深知自己一定是捅了某个篓子而自不知情。此刻只能用无辜的不变来应万变。

海棠盯着他的脸半秒钟，叹了一口气，低下头勒好安全带，"开车吧。"

"你生日？不是下个月吗？"陈照棠问。

海棠摇摇头。

陈照棠也不再问，心想，安全着陆了就别再开扒了。

其实今天真的是海棠的生日，她对他说过的。他也表示过会陪她一起过的。可玩家就是玩家，暧昧对象那么多，他果然就忘记了或者混淆了。今晚，海棠明明见到了他殷勤地陪着一个穿着白色银行工作服的姑娘吃饭聊天。

当然她也不弱，知道单单把希望寄托在这个人身上估计自己今晚就要白过了，所以也收下了一位追了她很久的中年秃顶海归的玫瑰花。不然，就不会在旋转餐厅的顶楼远远地见到陈照棠了。

在筛选的过程中，海棠明显感觉到他是类似她的同类。她一直觉得她和他很般配，段位一样，要寻找的人也一样。为了他，她逐渐把大熊、小宝那些一路牵扯着的潜在对象给断了，把自己的大部分后路也斩断了，为的是可以全身心把眼前这个让她渐渐喜欢上的男人拴住。

可她忽略了，她其实是已经走在麦田里的最后一段路上了。而他才踏上麦田不久，路漫漫，选择多，眼花缭乱，拥有选择的快感跟欢快的情欲一样，从未停息。

海棠想，这是最后一次跟陈照棠隔着CPB蜜桃色唇膏亲吻了。

半年后，在31岁之前，海棠赶在夏末的最后一天嫁给了那个能

记得住她所有喜好，并能全身心交付给她的中年秃顶海归。

陈照棠在朋友圈见到了身穿白色婚纱、面如海棠的海棠，随手给了个点赞。海棠这位姑娘其实蛮不错的，可是对不起，我想，我还会有更好的选择。

这晚中年秃顶海归出差未回，海棠坐在沙发上，一边看电视一边等待他的夜归。冬瓜电视台晚上10点的节目枯燥而乏味，像海棠在大学时修读心理学那样无趣，可她还是一字不落地看完了。

科普节目的男主持人声音沉稳，讲故事时尤其低沉，"古希腊哲学导师苏格拉底的三个弟子求教老师，如何才能找到最理想的伴侣。苏格拉底让他们走麦田，只许前进，且仅给一次机会选摘一支最大的麦穗。

弟子一号没走几步就摘了自认为最大的麦穗；弟子二号犹犹豫豫，在终点前仓促选好；弟子三号吸取前人的教训，在路程的1/3确定标准，又用1/3检验并修正，在最后的1/3中取标准最高一类中的一个，这才是最佳策略。"

海棠淡淡地冷笑了一下。这时门铃响了，她把电视转了台，站起身拾掇拾掇一下，脸上挂起微笑，走去迎接门外那位"在最后的1/3中取标准的最高一类中的最佳稻穗"。

同一时间，陈照棠盯着冬瓜电视台，把口中的啤酒一灌而下，然后思忖，手机里的哪一位姑娘更接近他的"最佳稻穗"。

或许，他现在就应该给谁打个电话告诉她，今夜无眠，不如一起出来兜兜风。

你不杀伯仁，伯仁却因你而死。

二十四桥梦凉

"姑娘，姑娘，你没事吧？姑娘……"

暖暖的体温渐渐唤醒我的意识，听到这声声遍遍的呼唤，我微微睁开眼睛，一位年轻男子的脸庞映入眼帘。他的双眼布满焦灼与不安，不停地念着"姑娘"。

我张了张嘴，说不出话来。我仔细地端详着眼前这张英俊白皙的面孔，努力搜索着我到底是在干什么。但我好像一点儿都想不起来了，索性再次闭上眼睛。

当我再次睁开眼的时候，是躺在陌生的床上。男子依旧那副模样，脸上写满焦虑。

"姑娘，你终于醒来了！"他把脸凑过来，激动地自言。

"来，喝水。"我看看他，喝了口水心里顿时舒服了许多，我感激地看着他的双眸。我想一定是他救了我的命。

"姑娘，你知道吗？你就这么睡了整整两天了。"他手里端起一碗稀粥，小心地舀上一羹置于我嘴边，轻轻说道，"你若不能醒来，这辈子我都活在内疚当中了。"他心平气和地说着，一阵感动的暖流穿过我的心房。随着他的追述我慢慢忆起这之前的事儿来。

简单说来，是我先救了他，然后是他救了我。他和随从外出归来，夜色渐黑，他们抄近路进了黑风林，被劫贼洗劫一空，拼命护主的随从被杀。夜色中，我拉着他的手朝着幽深而熟悉的山间小路

出逃，背上的药篓与草药撒了一地。确认劫贼不再追来时，我软软瘫倒在地。男子在我背后看到了淋漓的刀伤。

后来，我得知他叫彭季同。我亦告诉他，我复姓钟离，名珂，来自西夏，父母早亡，于是我采药为生，天下为家。

三天后，我被领回了彭家，拜见了彭家老爷夫人，然后被安排住进一间别致的西厢庭院。虽僻静了些，倒也清幽。下人待我毕恭毕敬、鞍前马后。没有人不明白我的身份，说是堂客，实则极有可能是未过门的少奶——没有人读不懂季同少爷眼眸里的深情。

居山畔、倚小楼、山水伴流光。每个清晨与黄昏，我坐在窗边绣木棉，倒也乐得清闲。彭家大小姐与侄小姐对我嗤之以鼻，背后讪笑：别的女子绣鸳鸯，绣清梅，她却只会绣俗不可耐的木棉，说到底，还是一个只会采药的山里姑娘。而倩蓉表小姐看我的目光尤其复杂——从她看季同少爷的眼神，可知她的一腔深情。

我不争辩，也不反驳，依然专心绣手上的木棉。

秋日的日光刺目，投射在窗棂上，我手上的针线旋得有点恍惚。

记忆中，我手里曾经握过一朵红艳艳的木棉，结实粗糙，远不及针线下的精细缠绵，哀怨委婉，但扎实温暖。

想着就走了神，针不小心扎进了手指，指头渗出殷红的血，瞬间染红了绢帕。

几个月后，季同少爷随彭员外到扬州做买卖，次日我便觉头痛难忍。我以为感染风寒，小婢给我煎熬中药之后，反而渐渐呼吸加重，胸部胀闷，全身发紧，继而肌肉极度收缩，如坐针尖。

收到消息的季同少爷不辞百里快马赶回来，请来大夫为我诊断。头发花白的大夫一摸我脉搏，再在我房子四周走了一圈，察看了房前的水井，摸摸胡子，告诉少爷，我中了毒。有人在水里投了来自南方的马钱子。

勃然大怒的季同少爷下令彻查。很快，家丁在全府唯一一个来自南方的人——倩蓉表小姐的床底下搜出了半包马钱子。季同少爷大发雷霆，不管彭夫人的反对，他坚持要把目瞪口呆的倩蓉驱逐回江西，即日起程。

我病恹恹躺在床上，眼噙热泪为倩蓉求情。他反而轻轻握住了我的手："我要娶你。"

十二月十七，大喜之日，扬州一带的大小官员均被宴请。个个肠肥脑满，色眯眯地盯着向他们敬酒的我：美，真美！彭家光耀门庭娶了个漂亮的儿媳妇，彭公子，你可真有福气！

我颔首浅笑，一杯接一杯地用从西北专程运回来的西夏酒敬各位："来自小女子故乡的西夏酒，诸位请赏脸。"

官员们均豪气万丈，一干而尽："好！再来一杯！"

洞房花烛夜，在鸳鸯桌前，我抬头看他，笑得妩媚异常，"季同少爷，可否再陪小女子喝一杯？"

"还叫少爷？该叫相公。"季同仍是笑吟吟地看我。

我不理他，伸手再为他斟了一杯酒，扬一扬手背，手缝里的东西悄无声息地融进了清澈的酒里，我递给他："不如我吟一首诗给你听？"

"娘子还会吟诗么？好，尽管说与相公听听。"他嬉皮笑脸的，但仍按捺住心情听我胡诌。

"青山隐隐水迢迢，秋尽江南草未凋。二十四桥明月夜，玉人何处教吹箫。这首诗，你可曾听过？"我说完，牢牢盯着他的眼睛。

"听过。"他的表情有点不自然，举酒喝了一口，又放下。

"季同少爷，那么扬州命案，你也听过吗？"我继续平静地为他倒酒。

他的脸色愈发难看。

扬州命案。只因当年你随口说了一句话，你要在扬州复建二十

（二）断桥

四座汉白玉拱桥，你爹为此在扬州和官府勾结，在河岸一带强迫黎民搬迁，不愿意搬迁的便以莫须有的罪名拉去府衙，再强行拆房。多少个安逸的家被拆散，多少个男丁被捉去府衙受罪折磨乃至流放边疆，剩下的妇孺稚童或病或伤或亡。

安和就是其中一个。不过他没有被拉去府衙，而是在房子被摧毁之时被残砖瓦砾生生掩埋。季同少爷，那天，你不是正站在未竣工的洗马桥上，脸带轻佻地亲眼看见了这一幕么？

季同倒下去前的那一瞬，瞪着猩红的眼睛问，"你究竟是什么人？安和与你是什么关系？"

安和，安和，多么久远的名字。

我笑了。我是安和最爱的女人。他说过，要带我去东海渔村看日出日落，要带我去女儿村品尝最上等的女儿红，他说过要带我去长安最高的酒楼赏月，带我去西北古城欣赏磅礴的大漠。他曾经对我说，要我做他最美的新娘。

可是，他没有。

他再也不能了。

你不杀伯仁，伯仁却因你而死。

辗转红尘，亦有所时限。当泪水已干，我的爱被埋葬之后，于是我千方百计来寻了你，不，你们。倩蓉是个倒霉鬼，西夏酒里也内有乾坤，此刻大小官员该已结伴赴黄泉。

漫天风雪落下，我定定地看着彭季同的尸首。窗外轰动，传来彭家大小姐的尖叫声。有家丁惊呼，老爷和夫人怎么倒在地上了？

醒之梦空，原来看残花凋尽也是一种钻心的疼。我越过窗棂，消失在风雪夜里。

落雪无声打上我的行衣、黑发、脸上。大仇已报，我却为何还是不能如释重负，反而痛得铭心刻骨？

安和，等我。从此二十四桥梦凉，霜雪落满头，与君赴白首。

（三）鹣鲽

那是二百五的小把戏，可我要当时就拆穿你，我就真是二百五了。

不纯属巧合

你应该去买双色球

全场灯光瞬间亮起时，我的右手正握着一个小袋子，里面装着两盒安全套和一支润滑油。Lulu姐刚从小包包里抽出的100块钱又急急收回，我的左手白伸着出去。

"全部停住！男左女右给我站好！现在警察检查！"音乐停止，有把刺耳的声音从喇叭里传来。

"我、我只是来送货的……我还是先走了。"说罢我抬脚就要走。

"站住！送什么货?!一个个统统给我站好，有啥意见的，押回分局录口供时再说!"刺耳的声音再次响起，一个胖子警察举着喇叭站在我面前，一脸正气地对着我吼。

好吧，于是，我跟着小花艳红青青这些莺莺燕燕，在警察的呵斥中，一起到了公安局。

买菜得排队，交费得排队，录口供也得排队。轮到我在胖子面前坐下的时候，时钟已经指向了凌晨1点。我已经观察面前这个胖子一个晚上了，他既要扯着脖子喊话，又要不停地给人录口供，应该是一个跑龙套的角色，顶多是一个有一点点身份的跑龙套。只见他胖胖的额头不断冒汗，嘴巴很小，放在脸上该放嘴巴的位置，两只眼睛更小，几乎掩盖在脸上的肉堆里了。他是什么警号来着，7788？应该是叽叽歪歪吧？

兴许是连续工作得太累，给我做笔录那个胖子警察没给我好脸色："坐下！名字、年龄、身份证号码？在这场子上班多久了？"

"什么上班多久了？我说了好多遍，我是刚好来送货的！"他的态度让我有点气急败坏。

"送什么货？"

"这个！"我掏出一张名片扔到胖子面前。

"春色撩人性用品店?!"终于见胖子警察的脸宽容下来。看得出他很想笑，但又努力克制住。

"Lulu姐，90块钱，两盒安全套和一支润滑油，你还没付钱呢。麻烦你给警察叔叔说清楚。"我转过脸期待地看着Lulu，等待她说出真相。期间我还很不屑地扫了那胖子一眼。

谁料那个Lulu，全然没了在场子里的花枝乱颤，此刻像个打过霜焉掉的茄子。她瞟了一眼桌上已被收缴为"证物"的安全套和润滑油，又看了我一眼，低声嗫嚅出一句，"警官，我不认识她。"

我要晕了。

这件事的最后，是性用品店的老板——我的表哥赶到，加上场子管理方的证言，才证实我确实是个彻头彻尾的倒霉鬼。

误会全消，气氛顿时略有不同。那胖子警察仿佛很不专业，他抑制不住嘻嘻笑，嘟囔了一句，"对不起冯小姐，单凭打扮，我没能把你和别人区别出来……"

表哥拽着我朝门外走，还不自觉地打量了我一下，忍不住笑了出来。我穿着吊带背心，超短牛仔裤，脚上趿拉着夹趾拖鞋，凌乱的头发在头顶打了个圈，用个大夹子随意地夹着——"刚才没人问你价钱吧？"这个时候表哥还有心情开玩笑。

我白了表哥一眼。然后恶狠狠地回头盯着那胖子，一字一顿地

（三）鹈鲽

挤出一句："如果我说我今晚真的是刚从游泳馆出来就去春色撩人的，有没有人信？"

那胖子喝的一口水几乎喷出来："你应该去买双色球。"

有个警种叫做跑龙套吗

一个星期后的晚上，我和几个朋友从餐馆里出来。驶至建设三路的时候，遇上交警查酒驾。

警察示意开车的朋友熄火下车，拿出一个酒精测试仪给他吹。我坐在副驾驶位上，越过玻璃探出头好奇地四处张望。

冤家路窄。灯光下，我见了谁？那个胖子。还是穿着那身横竖不顺眼的蓝色警服，露出一个滚圆的肚腩，一本正经地站在车旁。

我忍不住出声了，"警察叔叔，又是你呀？有个警种叫做跑龙套吗？扫黄见你，查酒驾也见你？"

胖子可能有点近视。他探下身，透过车窗，端详了那么几秒，终于认出了依旧怀恨在心的我。他礼貌地笑笑，称呼我为"冯小姐"。他很快又站直身子，目光转回司机身上，还是保持着一脸的严肃。

不知为何，我顿觉无趣。

我们的车子驶走时，我忍不住回头多瞥了一眼。

那么荣幸的是我吗

又过了几天，同学小可约我到她家吃饭，我就兴冲冲地过去了。

今晚小可的家有点热闹，有她和她老公的同事，有她的堂姐，有楼下的邻居。还没开餐，一群女人就叽叽喳喳围着聊天。

虽然不全都认识，但应付这样的场面我最拿手。我像在说一个笑话，绘声绘色地跟一众女人描述我那次倒霉的被扫黄经历，听得大家哈哈狂笑。也许每个故事都需要一个男主角才更圆满，我向大伙讲述的时候，有点不自觉地把这个重任赋予了那个穿着警服的胖子。我说，"那个一看就知道是好吃懒做像怀孕了四个月的胖子……"

"那个好吃懒做像怀孕了四个月的胖子，那么荣幸的是我吗?"一把似曾相识的声音从我的背后传来。

我保持着嚣张的笑容转过头，见到一个穿着黑色T恤和牛仔裤的胖男人站在我身后，笑眯眯地看着我，露出两只尖尖的虎牙。他手里捧着两碟菜。

我笑不出来了。待了一会，我心虚地小声回答，"我能那么荣幸地说不是吗……"

小可的老公也跟着从厨房里走出来，指着那胖子爽朗地介绍，"这位是我的同事，曹景明。"

开饭了，胖子就坐在我的旁边。我尴尴尬尬地扒饭。

电视里播李代沫唱的《如果没有你》。餐桌上的话题逐渐转移到讨论莫文蔚和李代沫谁唱得更好。

胖子说，"应该是李代沫吧，唱得好像没感情，听起来却很惊艳。"

"曹警官，想不到你也是李代沫的粉丝?"有人问。

"应该叫粉条吧……"我小声说。

胖子看着我，又好气又好笑。

顶趾鞋

十点整。今晚我又相亲回来，这是本月的第三次，本年度的第十二次。

小可的电话打过来，"今晚跟英语老师的饭吃得怎么样?"

"别说了，整晚都像跟一个熨斗kiss。"

小可哈哈地笑。我无精打采地说，"不聊了，我到楼下了。"

挂掉电话，经过楼下的美宜佳门口，我又习惯性地朝里面看了看，突然就来了精神。我走了进去。

"曹景明，第七次！你总是黑漆漆地跑来我家楼下的便利店买东西，你很容易让人怀疑，你是不是在暗恋我。"我伸出手，用力地拍着一个胖男人的肩膀。

"你想得倒美！都说了，葡萄适只有这里才有……冯程，女孩子家说话不要总是那么毒。"曹景明带着尴尬的笑容，嘴角边露出他尖尖的小虎牙。这样的笑容，早已没了昔日的讨人厌，甚至，似乎还有那么一点点讨人喜欢。

"那好，你继续。我走了，省得让你给顶心柱顶住。"我说。

"你还不至于是顶心柱，最多是顶趾鞋……请你喝饮料吧，喝什么？"

我忽然笑。

他也看着我笑。

不知道他傻笑什么。

"不贤妻才叫顶趾鞋，笨蛋。"我心里说。

Close to me

我的第十六次相亲，有点澎湃。

那个戴着眼镜高高瘦瘦温文尔雅带着好闻的古龙水味道的相亲对象，在饭局后，坚持要和我去绿道走走。在那段没人的亲水平台上，他忽地抱着我，在我的脸蛋密密地吻下去，带着急促的呼吸声。我有点懵了，一股厌恶的情绪瞬间涌上心头。我用力推开他，"朱先生，请自重，今晚咱们才第一次见面。"

他嬉皮笑脸地又凑过来，"你不是装清高吧？"

我一下子反应过来，骂了一句神经病，抬腿就走。

他很快变脸，在背后冲上来扯住我的胳膊，说，"这就想走?!"

　　我甩开他的手，不甘示弱，"你想干嘛!"

　　推推搡搡中，那家伙突然扬手给了我一巴掌。我还没反应过来，一个黑影冲在我面前，然后"啪啪"两声脆响，有人眼镜都歪掉了。

　　那家伙也许看出了来人的来势汹汹与无比愤怒。他捂着脸，快步退后，骂骂咧咧地走了，走出六七米，他的声音还传来，"这种货色，你要拿去就拿去吧……你这婆娘，就配这种愣头愣脑的胖子……"

　　这种人，非要讨个尾彩。我朝他大声说，"那我考虑一下吧，人渣!"

　　这位来人，虽然他的外表距离救美英雄的光辉形象似乎总有那么一点点距离，但我不得不承认，这一刻，曹景明他确实挺有型。

　　"你怎么会在这里?"我好奇地问。

　　"呃，如果我说我是路过的，你信不信……"没待我回答，他立刻转移话题，"谁介绍这种垃圾你认识?"

　　"婚介公司呀。"

　　"哪一间? 我绝对不去那间报名。"

湖风清凉

　　"好舒服，"我说，"这个时候若有一点音乐就妙了。"

　　曹景明掏出他的手机，翻弄两下，传出一段熟悉的旋律——《猪八戒背媳妇》。

　　两个人笑岔了。笑完以后，我说，"煞风景。让你听听什么才叫音乐。"

　　我拿出我的手机，很快，周围响起音乐。

我看着他。他同样用他的小眼睛眯眯地看着我。

良久，我说话了，"不如我们跳支舞？"

月光下，他笑，走过来抱着我。无数次"巧合"之后，我和他第一次面对面安静地相对着，隔着他滚圆的肚腩。我伸出双手，环住他的脖子。

"这首歌叫什么来着？"他问。

"《Close to me》。"

要有对手才成戏

半年后，一个阳光明媚的下午，我和曹景明肩并肩并排靠在床上。

他认真地看着一本叫做《人间最奇异的88次巧合》的书，说话了，"你说，世间真的那么多的巧合？"

我漫不经心地翻着八卦杂志，回答，"世上哪里来那么多的巧合。不过呢，美宜佳和绿道，我就知道是你……那是二百五的小把戏，可我要当时就拆穿你，我就真是二百五了。"

曹景明忽然把他的胖脸凑到我跟前，捏着我的下巴，神秘兮兮地说，"如果我说，咱们的第三次见面，就是在小可家的那次，是我故意安排的，你信不信？"

我呆了一秒，然后把手搭在他的肥肚腩上，以同样的表情看着他，"如果我说，咱们的第二次见面，就是查酒驾那次，也是我精心设计的，那你信不信？"

"嗯嗯？"

"嗯嗯！"

我和他对望，带着心领神会坏得透顶的笑容。

倘若你有幸地遇到了一个可以默契地跟你连戏的对手，今生把这场戏做满又何妨？

汤显祖曾说，梦短梦长俱是梦，年来年去是何年。

临川第五梦

贵生书院遇贵生

老榕树的气根相互缠绕，顽强地从树颈一直垂向墙边生长，且密密麻麻地结成网状，犹如水墨画挂在石墩旁的墙上。

陈榕在榕树下的石墩上不忿地坐着，百无聊赖地扯着老榕树垂下的须根，两条瘦长的腿晃荡着，时而用后脚跟敲打石墩，时而把脚尖所到之处的小石头踢向远方。

16岁的小姑娘爱发脾气，就因为母亲没有及时兑现承诺。

不是说好今天去海边玩水，明天参观学习吗？可母亲非要擅自改了行程，把参观学习放了今天。此刻陈榕心里一百个不满意两百个不服气。她的屁股没有离开石墩，只能用双脚使劲发泄。

"我妈妈是一名优秀的人民教师，严肃、认真、严谨——做老师好，做妈妈不好，如果你真有一位这样的妈妈，你会每天吐一盆血。她有许多高雅的情趣，例如唱女高音、写书法、欣赏艺术馆、参观博物馆——她自己喜欢就好了，可她每分每秒都要把此等'情趣'强加给我。"陈榕在榕树下赌气地说。白帆布鞋被地上腾起的沙尘蒙上了薄薄一层灰色。

"如果我有这样一位妈妈，我宁愿少10年寿命。你可别身在福中不知福。"他说。他笑笑，弯腰把垃圾篓里的口琴捡起，擦了擦，递给了陈榕。陈榕迟疑了一下，还是接过来。

"少哪个10年？是不是第100岁到110岁卧病在床的那10年？"陈榕飞快地把口琴重新放回包里，偏着头望向另一边，想赶紧岔开话题——自己要小性子的一幕被他看到了，好丢脸。

"嘿，丫头！你到底有没有抓住重点？"他摇晃了一下手里的矿泉水瓶，爽朗地笑了，"走，跟我溜达一圈贵生书院，好不？""那给我一个我愿意动的理由。"陈榕终于敢正眼看他。

10多分钟前认识的这个年轻男子挺有趣。他比她年长五六岁的样子，理着一个板寸头，拿着相机对着"榕须墙"咔嚓咔嚓地拍照，浑身散发出阳光的气息。他亲眼看着她把手上的口琴狠狠扔进垃圾篓，几秒钟后捡回，再扔掉，然后转过身背对着垃圾篓假装不看了。

他身上那种天生的温和气质让她觉得舒服，所以当他问及"小姑娘你为啥不高兴"的时候，她倒豆子一般跟他说了一堆关于妈妈的坏话。

"因为……我叫贵生。"他轻轻推了推黑色镜框，带点儿羞赧地笑了。

当你专注一件事

"你知道这里为什么叫贵生书院吗？"贵生问。

"跟妈妈赌气，没进来看。"陈榕耸耸肩，马尾辫儿随着摇动的头晃来晃去。

"贵生，顾名思义生命宝贵。明万历十九年，也就是1591年，大戏剧家汤显祖上书皇帝，说了一些触犯了神宗皇帝和权臣的话，就被贬为徐闻县添注典史。汤显祖来到徐闻，见这里民风好斗，人皆轻生，就联合当时的知县熊敏捐俸银，在城西门塘畔创办了一所'贵生书院'，也就是我们现在站着的这个地方，教百姓知书识礼，认识生命的重要性……"贵生哥哥谈起历史来气定神闲，如数家珍。

陈榕点点头，她有点儿被他的学识震撼到了。"那个，你说的'添注'是什么意思？"虽然有些不好意思，但陈榕还是决定咬咬牙"不耻上问"。

贵生微微一笑，"'添注'就是汤显祖贬在这里的官衔。"他认真的样子让她心安。

"我的历史没好好学，来到这里显得好白痴啊！"陈榕的脸囧成一片，还是没听懂。

"所以你妈妈对你严格要求，就是为了让你不成为白痴啊。"贵生举着相机，俯下身子对着一幅字画的最下方拍照，"添注，就是没有编制的九品临时小官，可记好了啊。"

"贵生，你为什么懂那么多？"陈榕把头凑过去，看他拍了些什么。

"因为喜欢啊。当你真正专注地做一件事，你自然就会发现其中的乐趣，然后就会喜欢了。当然，也有我妈很喜欢历史的缘故，可惜，我再也没有机会听她唠叨了。"贵生伸出手，轻轻抚平了那幅字画微微卷起来的右下角，把相机重新挂回脖子，"丫头，再教你一件事，以后可别随随便便就跟陌生人说自己的事。幸好我不是坏人，不然，你可亏大了。"

2001年5月3日的某个时刻

母亲惊喜地发现，南疆之行结束之后，陈榕有了极大的转变。她不再抗拒诗词歌赋，不再抗拒琴棋书画。她自己还买了一本《牡丹亭》，放在床头读了又读。

母亲很高兴，总是忍不住要把女儿一点一滴的变化告诉丈夫，对着亡夫的照片欣慰地笑。

只有陈榕自己知道，其实她不止读过《牡丹亭》，艰深苦涩的

《邯郸记》《紫钗记》和《南柯记》，她也读完了。对于一个十六七岁的女孩子来说，也许这是她能想到的对一位遥远的怀着复杂情感的人所能呈现的最大的敬意了。

贵生曾经告诉她，《牡丹亭》《邯郸记》《紫钗记》和《南柯记》是汤显祖的"临川四梦"，四个梦境演绎了纷繁的世间事。人生苦短，没有那么多的大道理，过好自己的每一天，就是对自己人生最大的尊重了。

他有许多理想，例如想当最出色的摄影师，想深谙上下五千年的历史精粹，想出口成章脱口成赋，所以他也在不断努力，周末除了勤工俭学，剩余的时间就是孜孜不倦地游走在这座城市的各种古迹深瓦中。

人心就是如此奇怪。一个少女混沌的内心世界，因为一些偶然的外界因素，莫名其妙就被启封了。陈榕骑着自行车拉风地奔向郊外时，挥汗如雨地奔跑在塑胶跑道上时，把书桌的台灯调暗又调亮时，她终于发现，有了目标的自己似乎潜能无限。

偶尔午夜梦回，她会记得贵生书院后厅墙上挂着的那幅卷起了右下角的字画，贵生曾用手去抚平它。十秒钟后，她也曾偷偷伸手去抚摸那处皱褶，悄悄感受某一刻的快乐。

字画的最下方，是两句来自《牡丹亭》的诗，"良辰美景奈何天，赏心乐事谁家院"。原来，人会铭记一生的良辰美景，就是2001年5月3日的某个时刻，当你与我两人同时站在汤显祖的塑像面前。

年来年去是何年

朋友看着叶先生推着轮椅上的老人、领着孩子在小花园缓缓散步的背影，悄声对陈榕说："其实我更关心的，是你跟贵生的下文。"

下文？陈榕俏皮地捧起一个椰子开始吸，摇了摇头。

这里是南疆。许多年后，她的好友已经遍及天涯海角，可以随时分享快乐与忧愁。这个春末，她带着丈夫、女儿以及病愈后的母亲越过千里，再次抵达南疆，故地重游。女儿对南疆十分好奇，拉着爸爸的手不停游走在花丛之间，快乐不已。

2017年，陈榕32岁。当年，她从南疆归来后，脱胎换骨，顺利地成为一匹高考黑马，在北方的一所大学无波无澜地过完了4年，然后接受了一位温和的男人抛来的橄榄枝。她为了他从此留在了北国，成了他的新娘，并与他孕育了一个可爱的孩子，还把母亲接来了身边。

她在一所世界500强公司上班，每天在写字楼里叱咤风云，下班后享受先生温暖体贴的照料。她写得一手好文章，周末常应邀参加一些沙龙雅聚，跟一群兴致相投的小伙伴博古论今，谈天说地。她弹得一手好钢琴，但凡女儿的幼儿园有什么活动，班主任都会叫上这位热心的妈妈帮忙排节目……

人生轨迹跟16岁时的她所设想的相同，又有点儿不同。

那年，她是想排除万难，考到南疆上大学，然后把这座城市翻遍，历尽千辛万苦也要把她的贵生找出来，然后把余下的人生托付给他。

她曾经有一个自以为永远不会放弃的梦想，就是找到贵生后，把他们的故事写成"临川第五梦"，让这段偶遇成为她和他之间不朽的传奇。

可生活何时又循过理想？16年前的杨过，也不能预知16年后他和小龙女的模样。

朋友说，那是比较可惜。

陈榕笑着摇头："不，确切来说，是殊途同归。如今，除了我生活的地方是北国不是南疆，身边的人姓叶而不是贵生，其他好像又没有什么不同。"

当年的高考分数，其实是足够她上南疆的大学的，可她最终还是选择了更稳妥、更方便照顾家人的北方大学。当年，她有很多次机会穿越半个中国，来到他所在的城市，发寻人启事、派传单甚至拉横幅，在这座城市仅有的两所高校里劳师动众地寻找一名叫李贵生的男子，他必可以在她的不懈努力下"完形毕露"。可她没有做。

汤显祖曾说，梦短梦长俱是梦，年来年去是何年。朋友问："就这样放弃了？难道你不想做汤显祖笔下那些有勇气挣脱樊牢、不顾一切追求理想的女子吗？"

陈榕笑着反问："难道一个认真生活的、安静安心的女子，就不是追求理想的女子吗？"

临川第五梦

2017年3月19日，贵生书院。

陈榕那腿脚不灵便的母亲故地重游，感慨万千；丈夫和女儿则是第一次到来，倍感新鲜。很快，孝顺的女婿推着岳母走进书院的第一展厅，乖巧的外孙女跟随在旁。

独自站在中堂里的陈榕恍如隔世。时隔16年，她再次见到了汤显祖的塑像。他还是那么清癯和儒雅，双手捧着书卷，目光内敛，一脸沉思状，仿佛置身于一个遥远的梦境中。

"临川四梦"的字画仍然挂在堂中。里面的人与字无声无息，无怨无悔地垂了数百年。

其中那幅写着"良辰美景奈何天，赏心乐事谁家院"的字画仍在，她和贵生曾共同抚摸过并且留下过彼此手汗的情景仍历历在目。只是不知何时开始，字画的外层已被镶上了玻璃镜框，并被贴上了"禁止触摸"的字样。

后厅人来人往，她一个人在字画前站了好久，那种熟悉的亲切感一点一滴浸润了她整个心田。

像不再重逢的那些年，她在心里默默地对那位不知落在人间何处的贵生说了第1001遍：我一直很好，只是偶尔有点儿想念你。

你也必须很好，才不枉一名曾被你无意中改变的少女对你的感激与惦念。

离开书院那刻，走在书院门前那条元代古官道上时，陈榕忽然停下，意犹未尽地回头望了一眼门侧那株大榕树。大榕树下没有人。恍恍惚惚间，她仿佛见到一位二十出头的年轻男子，轻轻地用右手推了推黑色镜框，然后对着她笑。

岁月长，年月深。普天之下，万物之间，并没有那么多的故事发生。

她明白，贵生给她构建的临川第五梦后来已无关爱情，却永远都是她心里一个最美好的梦，给她温暖与力量，且永远不会磨灭与褪色。

陈榕收回目光，追上家人，一手挽起推着母亲轮椅的先生的手，一手拉起女儿的手，往前方走去。

（三）鹣鲽

我的王子并非骑着白马来，他只是拿着汤勺来。

来的方式不重要。重要的是，在他面前我可以做一个真正的自己。

王子拿着汤勺来

我的站台

我手里握着手机，坐在开往广州的大巴上，看着窗外飞掠的风景无心细赏，全程在拨一个始终无法接通的号码。

我的表情很平静，眼泪落而无声。心里却百结千愁，心如迸裂般生疼。

大巴驶在高速。我一个人坐在飞驰的汽车里的最后一排，靠左窗的位置。

我总是喜欢一个人坐在飞跑的汽车里。因为汽车总有一个终点，到了终点，每个人都可以愉快地下车。然而我的整个青春兜兜转转，却似乎始终走不出一个站台。

如今我的整个站台，变成了一个无法接通的号码。

所谓的爱情

下了出租车，站在广州市中级人民法院的大门前，我深深吸了一口气以平复情绪，然后走进去。

开庭后，我的上司焦律师跟对方律师唇枪舌剑。原告与被告翘着双手靠在椅背上，远远地怒瞪着对方。这是一桩典型的离婚案件，十年婚姻结束，因财产分割而对簿公堂。

用十年的时间缠绵相守，轻怜浅爱；用十秒钟的时间就能恩断情绝，势同水火。所谓爱情，简单如斯。

我低着头，摩挲着口袋里滑溜溜的手机屏幕，心里走神。

号码的主人叫杨岸滩。

七年前，他穿着白色的衬衣，带着英俊的脸孔与迷人的笑容，站在我面前。他对我说，"以后的事，让我来想，你只要一心一意做我的公主。"那一天我穿着白色的裙子，在台阶前与他轻轻接吻。暮光倾城，我觉得他就是一个等我已久的王子，我是他唯一的公主。况且，他承诺会给我一个真正的公主名分。

杨岸滩给我发的最后一条短信，是"你我到此为止吧"。

"你我"？措辞精辟，言简意赅。他连"我们"一词都不再用。

那条短信通知我，七年的秘密情人生活宣告结束。

"涂薇，涂薇！现在上庭，请你专心一点好不好？"我抬起头时，看见焦律师面带愠色。他压低着声音说，"把3号案卷给我找出来！"

椒丝腐乳炒通菜

从广州回来后是个周末，我像个女鬼一样躲在家里两天两夜不出门。撕开最后一个杯面，发现原来它的包装并非是密封的，里面不知何时住了两只小强。一见到光，小强从面杯里爬出来，有一只还径直爬上了我的手。我不知哪来的勇气，扬手把它狠狠摔到地上，拿起拖鞋就拍，直到把它拍得血肉模糊。

这时手机响了，闺蜜小白打来，"小薇，忙什么呢？"

我无精打采地回答，"杀蟑螂，徒手杀蟑螂。"

小白笑得很厉害，"呵，女汉子！那处理好凶案现场后过来吃饭。"

阳台传来邻居家炒菜的香味。好吧，我好像真的几天没有米进过肚子了。当时又一点点悲凉涌上心头，我怎么就沦落到连灭个蟑螂都要自己来的地步……

小白家很热闹。据说是他们的旧同事聚会，一伙人相约在她家，每人轮流在厨房弄出一个拿手小菜，摆了满满一桌子。他们边吃边闲聊着旧公司的人和事。我不认识他们，也没兴趣插话，盯着桌上近十碟佳肴，我低头狼吞虎咽。

小白碰碰我的胳膊，"原来你那么喜欢吃椒丝腐乳炒通菜啊？你一个人快把一碟给吃光了。"

我抬起头，尴尬地对大家笑笑。要命，摆在我面前的这碟东西，好像真的是我一个人消灭掉的。我觉得很不好意思，只能没话找话，"这碟菜是哪位仁兄或厨娘做的呀？我提点意见。"

"是我。很高兴我做的这道菜有人欣赏，哈哈。"

我侧过脸，看到整晚坐在我右手边的原来是一位胖子，他笑着看我。

"菜做得有点咸，辣椒放得不够，腐乳的牌子没选好。如果我不帮忙将就着吃点，可能会滞销。"我盯着他的脸说。

他胖嘟嘟的脸笑得更厉害了。我放下筷子，靠在椅背上，对他露出一个大无畏的笑容。食物的质量其实不重要，最重要的是我填饱了肚子，那么，我才有力气和精神去继续我明天的生活。

还是因为你的通菜

第二天一上班，焦律师便吩咐我把一叠卷宗送到城东的KD律师事务所。

辗转半天到了KD，我敲开了4号办公室的门。大班椅转过来，露出似曾相识的一张胖脸。我有点不好意思，"徐、徐奕楠律师？"

胖子站起来，推了推眼镜，"对。"他接过卷宗看了看，一副专业的认真样子，他走到电脑旁坐下，说，"请坐。你稍等一会儿，我把文件给处理一下，请你带回给焦律师。"

他似乎不认得我，我暗暗舒了一口气。我略带拘谨，小心翼翼地坐下。环顾一周后，我瞄门外看，恰好看见外面墙上挂着的本所律师一览表，徐奕楠的名字赫然排在首位。排在他后面的是两位亮丽精明的女律师照片，带着干练的笑容。

倘若我过去几年努力一点，也许我不会干了那么多年还是一个混混沌沌的小助理吧。我忽然心生羡慕，但更多的还是懊恼的感觉。自从和杨岸滩在一起以后，我便成了一个爱情至上不思进取的女子，从前的雄心壮志置换成风花雪月，现在才晓得，公主剥去了公主的外衣之后，还是得吃饭和放屁。说来惭愧，司法考试考了五六年都没过……

正胡思乱想之际，我的右小腿隐隐作痛。痛意蔓延得很快，我整个小腿痉挛起来，我缩坐在沙发上，忍不住低低的"哟"一声。

徐奕楠站起身，快步走过来，边走边问，"怎么会这样？抽筋了？"

我皱着眉不说话。

他蹲下来，一把扯掉我的高跟鞋，拿起我的脚向前伸直，然后把他的手放在我的小腿上，轻轻地揉。

我尴尬万分，要抽回被他握住的脚。

他握得更紧了。他抬起头看我，"你也会尴尬的吗？昨晚你不是很伶牙俐齿的吗？"

我停止挣扎，小声地说："还不是因为你的通菜……"

"你姓赖的吗？"

"……我姓涂。"

（三）鹣鲽

两个吃货

那天被他强揉了脚，徐奕楠非要我请他吃饭作为答谢。

我一边嘟囔着一边和他去了吃饭。

也就自从那顿饭以后，那个胖子更加肯定我是一个能吃的吃货了，仿如他乡遇故知，他开始频频约我。在这个人人叫嚣着瘦身与减肥的年头，女孩子们只吃两片面包或一只苹果就喊饱了，一顿饭能灭掉两碗米饭半斤大虾两个鸡腿一块牛扒和一碟通菜的我难道不显得珍稀？

他总是约我，今晚去吃水煮鱼？明天去吃蟾蜍浸鸡？周末去吃牛杂煲？下周去吃西江河鲜，或者白咖喱香茅猪扒？咱们来剪刀石头布，谁输了谁请客。

我常常应允。失恋后的日子多无聊，和一个同道中人到处逛吃逛吃，难道不好吗？不知为何，我总是觉得肚子很饿，也许悲伤与失落是需要一些载体来填满的。况且，我不再需要为了谁保持身材而拼命节制。

两个半熟不熟的异性吃饭是件很微妙的活儿，既不能冷场，又不能过分热络，两人中得有一个为主来制造话题、调节气氛。开始的时候，我总是低头吃东西，偶尔抬头跟他交流食物的味道。后来，我发现他对食物的口味和评价跟我的一样，说话也风趣幽默，于是便多聊了几句，对他抛出的问题也乐于回答了。发展到后来，我和他一起吃东西的时候，常常面对面，两人一边把大口肉塞进嘴里，一边刀光剑影地斗嘴。

这样的饭局进行了89场，超过了NBA的一个赛季。一个单身的，有着光鲜的外表，体面的职业，温和谐趣的男人向年近三十的我抛出了橄榄枝，在旁人看来，是上天赏给我多么大的荣幸。要命的是，我偏偏蠢钝如猪，后知后觉，又或者，是不如不觉。

偶尔我还是会想起杨岸滩，想起这七年里和他无数次进餐，在优雅高档的西餐厅，悠扬悦耳的音乐里，我穿着长裙，小口小口地把食物送进嘴里。他在对面托着红酒杯，看着我温和地笑。

传说中的王子与公主不应该就是这样子的吗？

童话故事不是没有，只是可遇不可求

这一天，可能燥热的东西吃得太多，走出餐馆的时候，我忽然惶惶流起鼻血来。多丢脸哪。我把徐奕楠抛在身后，含糊不清地说了句，"散了散了，各自回家！"说完背向着徐奕楠，走上了右边的人行道。

徐奕楠担心地凑上来，"没事吧？送你去医院？"

我连连摆手，"不用不用！流个鼻血还用去医院？你赶快走吧。"

可徐奕楠又阴魂不散地跟上来，给我递过来一张纸巾。

我心里没好气，捏着鼻子仰起头小步跑起来，一边跑一边说，"你走吧走吧。你什么时候见过流鼻血会死人？"徐奕楠也跟着我小跑，不消一会儿就有点儿气促，他依然不依不饶地跟着，气喘吁吁地说，"我怎么知道你会不会是第一个？"

我停下来。

"其实在小白家我不是第一次见你。记得那天Z城开往广州的大巴不？你坐在最后一排靠在左窗的位置。你一路拿着手机猛拨，全程默默流泪。我就坐在跟你相隔一个空位的位置，想给你递纸巾，却又怕冒昧。那一天，仿佛全车的人都伴着你悲伤的心情踏进省城。"徐奕楠说，"有时候，你对所谓失去的东西很难过，但可能你从来就没有拥有过，又怎么能叫失去呢？我若真爱一个女人，我不会要她等我七年。我可不是一个身在福中不知福的人。"

我不再伶牙俐齿地反驳，只用力按着鼻子，转过脸看外面。也许，女人爱上的只是恋爱的本身，放不下的或许不是喜欢的那个人，而是过去那份回忆或者爱情中的那种感觉。

"三十岁还在做白雪公主的梦，很好笑吧？"我仰着头吸着鼻子问他。

"童话故事不是没有，只是可遇不可求。我不是王子，但或许你可以接接地气，看看我是否够资格做一个被黄蜂蜇过的贝勒爷，做满汉全席给你吃，瘦骨仙公主。"

唯美食和爱不可辜负

三个月后的一个清晨。我在司法考试的书堆里抬起病恹恹的头，闻见了小米粥的香。我摇摇晃晃地站起来，靠在厨房门口，看见胖胖的徐奕楠围着围裙，熟练地拿着勺子搅拌砂锅里香喷喷的小米粥。

满屋子弥漫着浓浓的米香。

爱情似乎沾着生活的烟火，一点一点地靠近。

我静静看着这一切，忽然笑了。

我的王子并非骑着白马来，他只是拿着汤勺来。

来的方式不重要。重要的是，在他面前我可以做一个真正的自己。

我说话了，"煮一碗小米粥都花了我看半部刑诉法的时间，还说煮什么满汉全席？告你诈骗。"

徐奕楠转过头对我咧嘴笑了，说，"我认罪，望轻判。"

我扬起下巴笑，"喂我。"

"得得，遵命，小姑奶奶……"

当我年轻的时候，遇到了杨岸潍；我很庆幸，当我将要老去时，遇见了徐奕楠。一个人的一生，只有那么一个人可以陪你看花开花落一直到老，也只有那么一个人值得你一生的付出与执着。世间，唯美食和爱不可辜负。

人本不长情，事物没有永恒，携手走完一段是一段，携手穿过的风景就不要再回头看。

完 形

四年又四年

我再次从酒吧领回了张筱池。张筱池已经喝得酩酊大醉，一步两摇晃三呕吐。出租车迟迟未到，我强忍着恶心和无奈拖着她跌跌撞撞往前走。

"高瑜，高瑜，我是最最失败的loser，大loser……没有人比我更失败了。"人说酒醉三分醒，张筱池俯身吐完一轮，抬头对我说。不知何时她已泪流满面，"你能明白，只要一想起某个人，心就会绞着痛那种感觉吗?"

我扶她坐下，摸了摸她的头发，任由她由抽泣变成号啕大哭。

张筱池的人生听起来苦难重重。大概脉络是，八年前我们上大学，她爱上了师兄罗臻，可罗臻是那种人见人爱花见花开的万人迷，当时跟野花素菊的她没什么交集。后来的剧情比较狗血，毕业那年她父母的生意陷入了前所未有的困境，父母给她安排了一个生意伙伴的儿子做对象，一直是乖乖女的她最终答应了。婚后，她父母的生意如期渡过了难关，强强联合的结果也使夫家的业务蒸蒸日上。只是，无爱婚姻的难处她极少与人说。

作为多年闺蜜，我又怎会不洞悉她心底的秘密? 只是谁也不知道，她对罗臻当年没有实现的情感不知何时起成了魔咒。四年后她

重遇罗臻，原来罗臻当年对她亦有意，但因种种鬼使神差而错过。两人唏嘘遗憾之后，疯狂地纠缠在了一起。她非常懊悔与难过，为何当年要和罗臻错过？很快，她坚持和不明所以的丈夫离了婚。但罗臻已不是四年前的罗臻，他亦已结婚生子，虽然和她缠绵，但并不想瓦解自己的家庭。她没有责怪罗臻，没有强行拆散他的家庭，最后甚至带着绝望的圣母感离开了罗臻的生活。

独自又过了四年，她陷入了更深的苦恼中。她恨罗臻四年前为什么不挽留她，她也恨自己，抱怨自己为何重遇并和罗臻相爱时为何没有竭力留在他身边，为什么要表现得那么好。她有了更深的懊悔。

四年前她为了八年前的选择而痛苦，如今又为四年前的选择痛苦，她似乎一直生活在过去当中。那些过去未被实现的愿望成了无比强大的力量，就如魔咒一般诅咒了她，令她不能自拔。这种活着注定了只有痛苦，因为事实压根没有朝着她当时理想的方向走。

远处广场的大笨钟奏出了新的一响。我看着她，无法说出一个字。

今天的天气很好

次日我醒来，闻到了厨房的喷喷香。我靠在厨房门口，看着张筱池细心地把面糊倒进平底锅里，旁边有一小盆已打发好的黄油。

"最后一只芒果我用掉了，有空的话补一些回来吧。"张筱池见我醒来，淡淡一笑。她的脸容苍白，如平素一样，淡得几乎让人感觉不到笑意。

我点点头。她继续说："我得走了。今天元旦，得陪爸妈吃饭。昨晚谢谢。"白天正常的时候，她并不如祥林嫂般把苦大深仇挂在脸上，反而很难从表面上发现她内心的苦。

张筱池离开后，我回到床上继续捡起村上春树的《再劫面包店》。没看几页，手机响了。

曾守祺说，今天的天气很好，出去走走吧，郊外如何？

平衡日子

日子持续了几个月，我依然隔一段时间就从酒吧领回张筱池。醉了的她依然常常又吐又哭还祥林嫂上身，情况没多大改善。那不是什么坏事，每个人都有大大小小的阴暗面，需要用不同的途径来发泄，这样才能平衡日子。何况，懂得发泄就到不了绝境。

这天她难得正常地和我共进晚餐。吃着吃着，她忽然说："上天会安排不同的人去经历不同的事。它安排了我走这样的路，所以我只有接受。可能我八十岁和现在的状态都差不多，特扭特拧特烦人。"

我不吭声。所谓医者能医不自医，尽管我能感同她的身受，可我自己也无力破局。

"你最好另外去物色一个有心有力把你从酒吧领回来的人，要不你就暂时戒酒。我下周要去日本几天。"我把蔬菜一股脑倒进面前的锅里，头也没抬。

"和谁去？"张筱池问。

"年假，不休就过期了。"我顾左右而言他。

她没再追问。两人扫完一锅东西，她才不紧不慢地说："反正你好自为之。我就是活生生的例子。"

奈良的樱花

其实张筱池又怎会不明白，我是和谁去的日本。

我独自在奈良待了三天，终于见到了曾守祺。一起吃午饭的时候，曾守祺不停划着手机搜索着次日清晨最早回东京的班车，见我不爽，于是伸出手摸摸我的脸，温柔地说："乖，明早9点我有个

会要开。别气了，我们现在不是有大半天时间待在一起吗？"毕竟他此行最主要的目的不是和我游山玩水，我再任性就是多余了。我靠回椅背上，默默地避开了他的手。

奈良是一座安静的小城，城市的中心是那些辉煌的历史古迹，有中国宋式的，有日式的，小街小巷，错落纵横，像是东京的郊外。也是，我们也只能在"郊外"这种地广人稀的地方相聚了。尽管有淡淡的不悦，但可以和他一同游走在老街古屋间，品尝各式果子，抚摸随处可见的小鹿，还是宁静又美好。

在一条静谧的樱花道上，我把头靠在曾守祺的肩膀上："我一直很想和你一起走这样的路。你知道吗，和你失去联系的那些年，我每去一个新地方，看见不错的风景，吃到每一样觉得好吃的东西，我都会想起你，心想如果你在就好了。我有时甚至天真地认为，吃你喜欢的东西，例如咖喱鸡饭，就好像能和你拉近那么一点点距离。"

他什么话也不说，停住，在我的额上放上一吻。

樱花道尽头是夫妇大国社，门口有位身穿和服的女人手握着一个心形绘马对我们微微笑，用日语柔声说："里面专门祈求夫妻和睦哦，你们要一起写一个绘马，挂在上面吗？"

"夫妇大国社"几个大字着实刺痛了我的眼。我不看和服女人，侧过脸看来时满路的樱花。曾守祺似乎一秒钟也没考虑，就用标准的日文礼貌地回应："不必了。谢谢！"

人都会追求一个完整的心理图形

从奈良回来后不久，我换了电话号码，搬了家。

你可能已经猜到了，我正在经历着张筱池四年前的经历。

曾守祺是我短命的刻骨的初恋。他家曾和我寄居的姑妈家仅隔了一道小墙。十七岁那年的一个夏夜，他随着避债的鳏夫父亲南下北上，从此再无音讯。

直至半年前。

是爱神在错的时间射错了箭，导致我和他之间隔了很多年的空白，让我们之间隔了好多人，包括他的妻子和女儿。

来帮我搬家的张筱池奇怪我的突然转变。我只告诉她，独自在奈良的最后一夜，我在旅馆的窗前无意中听了好久隔壁房间一位正准备参加考试的年轻人朗诵。

那个年轻人呆板地反复地念道："完形心理学源自德国，其核心概念就是完形，意思是人都会追求一个完整的心理图形。例如一段有始有终的恋爱，不管最终结果是走向婚姻还是分手，只要有明确的结果，就是一个完整的心理图形。然而，假若那场恋爱无果而终，就是一个没被完成的心理图形。那么，人们会做很多努力，渴望完成它。就如小时候我们所产生的但不能实现的诸多愿望，都会在我们长大后表达出来。哪怕这些愿望看上去再不合理，它们也仍然有着无比强大的力量。我们尽管理性上意识到了它们的不合理，但却难以摆脱它们的控制，就像是中了魔一样。恋爱中的失落，其实未必是爱的遗憾，有可能是意志的挫败。我们每个人都有无数的愿望被压制，我们现在所表达的，常常是过去被严重压制的愿望，不一定是此刻真实的你自己。那些没有实现的愿望具有可怕的力量，这种力量宛如魔咒罩在我们的头上，令人迷恋镜中花水中月，而对唾手可得的幸福和快乐视而不见。"

是在说我和曾守祺吗？我们人生最美好的那些年是各自和别人度过，最重要的那些事是分别和别人发生。我们无法改变过去，我无法把握他的现在，他的将来更不会光明正大有我。错误与遗憾已经酿成，不能弥补，徒然挣扎又有何用？

那夜我在奈良的旅馆独自坐到天明。东方既白时，我删除了曾守祺所有的联系方式。

（三）鹣鲽

此时此地

床头那本诡异的《再劫面包店》中，主人公遵循了自己内心的愿望，顺利地再次抢劫面包店，继而如愿。我内心也曾有一万个小鹿推拉撕扯指示我重新去找曾守祺，可是，我不能。既然明知内心翻腾的种种情愫是未被实现的愿望所具有的强大力量在作祟，我何必还要遭其操控？

还是奈良那个年轻人教的："如果你曾经有伤感的往事，那么，请承认它并为它悲伤，这是你能告别伤感往事的唯一途径。相反，如果你心有不甘，拒绝承认自己的不幸，拒绝承认失败或者失去，拒绝悲伤，甚至还强装笑脸，那么不管你看似多么成功和快乐，你其实仍是在继续遭受它的诅咒。你心里永远无法填满失落的沟壑，你永远体会不到平静的可贵。"

是呵，人生每个阶段都有其美好的地方，既然回不去，那就告诉自己，我不需要回去。从前的爱情，有时是人不对，有时是时机不对，不需要遗憾。两个人在一起有时还是得讲求缘分。如果无缘，再挣扎也没用。学会承受悲伤，也是我们人生的必修课。

跟小时候不一样，现在的我们不再需要被爱得有多深，不需要世事有多圆满，也能非常幸福。人本不长情，事物没有永恒，携手走完一段是一段，携手穿过的风景就不要再回头看。我们唯一可以做的，就是珍惜手里能握着的，活在此时此地。

在我三十一岁这年，终于明白了这个道理。我希望，张筱池也有一天如我这般明了。

昨天的太阳，晒不干今天的衣裳。

只是一起走过一段路而已，何必把怀念弄得比经过还长？

我听闻，她始终一个人

廖子商

在同学小夏的婚礼上，有人唱了周杰伦的《烟花易冷》：

繁华声遁入空门/折煞了世人/

梦偏冷辗转一生/情债又几本/

如她默认生死枯等/

枯等一圈又一圈的年轮……

伴着歌声，我坐在暗处看着岑露。她和两个同学在远处小声闲聊，冰凉的啤酒一杯接一杯地喝。我莫名觉得那些苦涩和细腻的液体仿佛也流入了我的身体。从始至终，她的眼神没有扫过我。看见她故作无所谓的笑容，我突然感到抽丝剥茧般的感伤。

我和令仪即将结婚，而我听闻，岑露和我分手后，始终是一个人。是我辜负了她。

大一时，她在便利店兼职。晚班收银时，我拿着一个罐头过来结账，她习惯性地问道："先生，您需要叉子吗？"问完后才发现，我手里拿的是猫食罐头，她顿时羞得满脸通红。我怦然心动，戏谑地说："谢谢，不需要，喵……"

爱河是一条什么河？我和她"扑通"两声就掉下去，湿得彻底。快乐就是快乐，不会因为时空相隔而淡忘，也不会因为结局惨

淡而改变。

我和岑露曾在拥挤的地铁里耍乐子。她对我大喊"葵花点穴手"，伸手"啪啪"点我的穴道，我一本正经又很二地说："别闹，这么多人呢，快给我解开，解开……"这一幕被人随手拍了下来放到网上，被人疯转。我俩糗大了，可也有爱极了！之后的很长一段时间，我俩成了全校的恩爱情侣，女生们人人艳羡。

我们独处时，她经常拿手指头戳着我的脑袋撒娇："帮我买个酸辣粉都忘记下酸豆角，一点儿小事都办不好！哎，廖子商，将来咱俩结婚了可怎么办？"

可惜，我俩没有走到结婚的那一天。

临毕业时，我和令仪好上了。因为她神通广大的父亲可以给我一份薪资优厚的工作。四年的恩爱，没有抵住现实的诱惑。分手的那天，岑露送我到车站，一路欲言又止。我和她连一个拥抱都没有，甚至没来得及说什么，就在司机的催促中急忙上了车，扬长而去。之后，我留在北京，岑露南下，从此杳无音讯。

半年前，在一个偶然的机会，我遇见了她的闺蜜。闺蜜告诉我，我离开以后，岑露一直单身。听到这个消息，我震撼了好几天，然后是感动，还有内疚和后悔。我设想过100种倔强的她离开我后努力寻获的幸福，但没想过她却选择了单身。是的，她就是这样的女孩，爱上一个人，就会付出整颗心。如果有一天我死了，她在路口突然看见我的魂魄，不是吓得跑掉，而是会飞跑过来紧紧抱住我，紧得让我喘不过气。不得不承认，在听说她一直单身的那一刻，我除了愧疚和怜惜，还有抑制不住的欢喜，虽然这份欢喜是如此隐秘，潜伏在心底深处，见不得光。

当小夏和她的新婚丈夫深情告白时，我瞄见岑露用左手撩拨了一下发丝，装作不经意地望了我一眼，眼角还带了不易察觉的泪花。我的心仿佛被针扎了一下。她肯定是想起了过往的种种，我们曾经爱过四年，拥有过那么多快乐；我们曾经憧憬过结婚后的日子，甚至给未来的小孩取过名。我能理解她心中的悲伤，我知道，她放不下我。

如果时间可以重来，我必定不会轻易跟另一个人走，而遗下她。但那有什么用？后悔，只是曾经爱过的证据。或许是因为我当年太渣，我总觉得，要对岑露的不幸负一点儿责⋯⋯

岑　露

今晚我在小夏的婚宴上见到了廖子商。

听说他家那位是个不折不扣的醋坛子，不知今晚跟着来没有。作为前女友，我自觉地站得远远的，避嫌。他还不值得我为他厮杀。

丽丽和朱蒂这两位老同学很热心，听说我还单身，一个说要把同事介绍给我，一个拼命向我推销她的表哥。这是最近接到的第N个相亲对象，我笑笑，答应了她们稍后安排。也罢，我想要的，不过是有一个良人陪我谈天说地；而我不想要的，就是这样随着年纪增长而妥协一生。

廖子商今晚总是朝我这边张望，我觉得怪不好意思的。闺蜜曾经告诉我，廖子商向她打听过我的近况。今晚突然再见廖子商，有点儿尴尬，说不清该用什么样的态度去面对。人变得复杂的表现之一，就是自作多情地给所有事所有话所有动作，都加上一个所谓的意义。但世上哪有那么多意义可言？活着的意义就是活着，爱的意义就是爱，恋爱就是因为想恋爱，离别就是因为想离别。我单身，只是因为没有遇到一个对的人，不想委屈自己。生活虽然平凡琐碎，波澜起伏全在我自己心里。

当年，他的劈腿确实让我愤怒和伤心过好一阵子，可慢慢的，我知道没有什么事不可原谅。很多时候，一个女人的改变，是从一个男人的到来或离去开始的。前提是，这个男人是她生命中比较重

要的。

可廖子商不是。

几个月前，他主动加了我微信并和我打招呼。我们已经很多年没联系了，当他再一次联系我时，我发现自己不再兴奋紧张，可以信手拈来敷衍两句，或者对他爱答不理。我也不会再像以前那么没出息，他钩钩手指，我就屁颠屁颠地跑过去。那种见到他就想笑，坚信我们会永远在一起的感觉，早就消失不见了。我再次确定，他早就从我心里搬了出去。这很好，因为即使是重圆的破镜，映照出的也不过是伤过后变成残渣的爱情，拿起不爽，丢了可惜。

有人说，真正地放下，大概是她不会删除他的聊天记录，也不会把他拉入黑名单，只是任由他躺在通讯录里，再也懒得去点开。他像她掉进床底的笔，扔在地铁站的矿泉水，决定不要了，就再不会想起。他留下的那些痕迹，就像家中沙发缝里的灰，油烟机上的渍，她不会为此特意来次大扫除，只是心情好时，顺手一擦。

昨天的太阳，晒不干今天的衣裳。只是一起走过一段路而已，何必把怀念弄得比经过还长？

在婚宴上见到小夏先生对她承诺和亲吻的那一刻，我忍不住流下了感动的眼泪。多么美好的一对！从大学走到现在，经历了多少风雨与诱惑，他们对彼此的心，从没有变过。真替他们俩开心！

步出酒店的时候，廖子商跟在我身后亦步亦趋。我平静地问："有事吗？"他踌躇半天，最后停下，认真地说："对不起。"

其实，今晚我喝得有点儿高，不知道这个"对不起"代表着什么。但他愧疚的眼神我看到了。我笑了，像个爷们儿一样拍拍他的肩膀，利落地转身离去。每个人都要对自己的选择负责，我不认为他对不起我。

可是走出七八米，还听见他在背后大声地喊："岑露，对不起！找个好男人嫁了吧！"

噢？潜台词该不会是"不用再等我了"吧？

我回头看他。他的神情无比认真，像个孩子作出承诺一般，要我安心，表情固执而倔强。

我要多贱，才会被他劈腿后还为他守身如玉？这个男人得多自作多情，才会说出这种话？我笑得像一个失去理智的疯婆子，在他面前瑟瑟抖动。这一幕很滑稽，他在我眼里像笑话，我在他人眼里也像笑话。好久，我停住了笑，扬起手，随意地扇了他一耳光，让他可以把情圣的戏码演完。

果然，他如释重负，眼神里对我的怜惜更加深了。仿佛我已经病入膏肓，无药可救，又好像我是巢中的雏鸟，离开他的爱护就不能活。他忘记了，这些年，我活得比他还自在。在他和那个女人纠缠吵闹时，我在享受着午后惬意的阳光，听着音乐做普拉提。他知不知道自己已经有啤酒肚了？

我转过身，踏着夜色离去。霓虹灯的光闪得光怪陆离，和他分手后，我曾经一度很害怕，害怕在那个充满未知的未来里，身边不再有他。但是因为这些年一直善待自己，所以，此刻每一步，我都走得很踏实与平静。没有人是应该陪我走到最后的。没有了谁，起码，我还有我自己。

有些人要真正地放下其实很难。因为没有真正拿起过，又怎能放下？廖子商没有他想象的那么重要，不过，我不打算花唇舌跟他说清楚。因为我们之间很早就没有关系了，以后也不会有什么交集。让他继续沉醉在自恋的幻想里吧，算是我给他的临别礼物。

我人生里第一个爱过的少年，他变老了，可还没有长大。

（三）鹈鲽

（四）人 间

那一天兰州的天空很明净。

我亦曾经拥有

门当户对那茬事

蒋月花挨在门槛边晒太阳。

照顾她的保姆也斜着眼睛看她一眼，继续在电话里教训女儿。保姆的女儿南下打工两年了，听说最近找了个同在电子厂的工友做男友。保姆在电话里厉声训斥女儿："俺们好歹是城里人，芳子你听妈说，没有经济条件就没有爱情……"

突然，蒋月花"呵呵"一声。保姆不悦地瞟了这个行动不便、长年愣呆的老太一眼，转过身去。蒋月花淡淡看了一眼保姆的背影，不发一声。

谁没有年轻过？

她蒋月花年轻时所处的年代，有知识的年轻人都特别痛苦，纷纷从家里出走寻找新生活。几乎每个人都有一部浪漫史，浪漫得叫现在的人羡慕。那个年代的人，个个都反对婚恋搞门当户对，觉得人生而平等，讲门第就不是新青年，更不是觉悟的新青年——哪里想到几十年过去了，居然又老调重弹。他们若是地下有知，一定会急得从坟墓里跳出来。

对不对，许亚兴？

竹凳要开花

1937年秋天，蒋月花背揣着一个小行囊，走在成都细雨蒙蒙的小路上。

蒋月花来到了成都机场附近。机场受到空军严格的管制，蒋月花进不去，但在第四天的黄昏，她还是在小旅馆见到了一身戎装的许亚兴。

许亚兴见到她时，既欢喜，又生气。一位相识不久的漂亮千金小姐，不远千里从兰州追他追到成都，让人没有沾沾自喜之感那肯定是假的。

陪同许亚兴来找她的，还有范五和影凡小姐。范五是许亚兴在部队的战友，长得高高瘦瘦。影凡小姐是范五的未婚妻，扎着两根可爱的小辫子，范五说话时，她总是支着腮仰着头盯着他笑。

蒋月花被安排跟影凡小姐一同住在毗邻空军医院的一条老巷子里。县妇抗会组织了洗衣社、缝纫社，为住院的伤兵洗衣做饭，为前方将士制作军鞋，支援前方抗战。蒋月花和影凡小姐在见不到许亚兴和范五的日子里，就跟着妇抗会的大姐为前方的战士做后勤补给工作。

一架架飞机从头顶呼啸而起，到黄昏又缓缓降落，蒋月花的心跟着一架架苏联飞机升起和降下。许亚兴在空军部队虽说是地勤人员，但工作很繁重，常常需要备勤，有时还要跟着出发执行任务，很少有机会能出老巷看望蒋月花。

除了帮妇抗会做事，即使闲下来，她也哪里都不去。她怕哪个时候许亚兴突然就来找她，却不见她。

成都的茶馆遍地开花，一把竹椅，一张不成样子的木板桌，就可以泡一碗茶，坐一个下午。在那里，你可以看到许多平日你看不见的东西，例如卖字画的，卖旧铜板的，卖旧图章的。坐在花木下面，喝茶，吃花生米，或是读书，或是睡觉，或是，想念。在成都的头一年，蒋月花觉得，她要把巷头那间茶馆临窗边那张竹凳坐开花了。

有一个叫孙二铁的店小二长得胖胖的，为她添了一壶又一壶的茶。他见过她伏在木板桌上歪着头盯着天空的寥落眼神，见过她和一个偶尔到来的年轻军官相视而笑的宁静，也见过她目送他走时强忍悲伤的不舍。

茶馆不忙时，孙二铁几岁的女儿喜欢爬上他的肩头撒娇："爹爹，瞧，又有飞机了。"

"哎，和平的世界马上就要到来了！"

兰州情事

蒋月花和许亚兴第一次认识，是在兰州。蒋月花的母亲是蒋家老爷的四姨太，生下蒋月花后病恹恹拖了两年，一命归西。蒋月花虽为蒋家五小姐，但娘没了，她能在七八个兄弟姐妹中得到爹的多少疼爱？在跌跌撞撞中，她磨磨蹭蹭长到了17岁。

她在女子学校的一次慰问演出时见到了来自成都的空军第八大队。一位苏联志愿航空队的士兵看上了高挑活泼的蒋月花，约她逛完了一条鼓楼市街。在新明电影院门前，蒋月花的虚荣心全部花光后，她终于有点后悔了——那个蓝眼睛高鼻梁的苏联人，说要和她"处朋友"。正当她骑虎难下时，一个平头年轻男子走过来跟苏联士兵耳语一阵，苏联人耸耸肩，摊摊手走了。

蒋月花问了好多遍，到底许亚兴那天跟苏联人说了些什么，许亚兴一概笑而不答。他是一个内敛和迟钝的人，不会问蒋月花姓甚名谁家住哪儿，不敢主动约蒋月花，喜欢蒋月花也不会直说。

倔气的蒋月花气不过，忍不住把该是许亚兴主动做的事全做了。

半个月后，空军第八大队从兰州移师回成都。

"吾愿今后与月儿浪迹天涯，前路是风，前路是雨，均不怕。君尚在，君安在。"蒋月花握着许亚兴留给她的条子，从富甲一方的兰州蒋家不假思索地出逃了，从此再也没有回去。

春熙路

蒋月花在成都老巷住了一年多。期间影凡小姐怀了孕，乡下的姆妈接她回乡间待产，临行前，蒋月花还亲手做了一对虎头鞋给未出生的孩子。

蒋月花与影凡小姐的书信往来在1938年冬中断。老巷几乎被炸，她跟着妇抗会和医院的伤兵连夜撤往城西的防空洞，离空军基地更远了。成都上空的飞机进进出出，发出巨大的轰鸣声，蒋月花整夜整夜睡不着觉。很多人说，鬼子准备打来了，成都快沦陷了。有人说，咱们成都不是有空军部队吗，一个炮弹就能炸死一山头的鬼子。也有人说，苏联飞机没啥用，老出毛病，炸不死鬼子。

蒋月花曾好几次偷偷回机场附近打探情况，往基地里塞纸条，上面写了自己的新住址。但除了一次隔着铁网远远见到许亚兴奔跑着的模糊身影，她什么都没看到。

1939年春，许亚兴托人捎了口信给她，兵荒马乱的他没法再顾及她，要她先回兰州，待他执行完任务后，会亲自去兰州蒋家提亲。

蒋月花在背后急急拉着那人的衣袖："不走，我不走，我在春熙路里住，叫他打完仗去那儿找我！"

那人走得匆忙，不耐烦地往背后甩了甩大衣袖，甩开了蒋月花的手。

不咸不淡又一年

成都最终没有沦陷。生活逐渐恢复了昔日的平静。

蒋月花每天去空军基地打探一遍。

"死了。"

"牺牲了。"

"嗯，在运城。"

"没找到。"

"跟范五飞的运城。回不来了。"

"都没了。"

蒋月花每次得到的答案都不同。

孙二铁总是来找她喝酒。这个憨厚的胖男人总是像老头一样喝得酩酊大醉。他和蒋月花在城西防空洞时遇上了，那时他胡子拉碴，大腿沾满点点血迹，坐在山洞里，好几个小时不回神。听说，他的父亲、妻子和女儿都在日本鬼子的炮弹下被撕成碎片了。

夜幕落下后，他与蒋月花双双坐在屋后的江边上。他浑身酒气，眼睛浑浊，絮叨厌人。他说身边的人都一个接着一个去世，他不知道他为什么还要回家。他指着江对岸的一棵树，说刚参加完又一名乡亲的葬礼。他突然泣不成声。他说，这孤独真可怕，当那些陪伴在你身边的人一个个都离开时，你还留在世上干嘛，你活着是为了什么？那一夜蒋月花坐在月光下吹了很久的风。许亚兴不会回来了，于是她只能像浮萍一般飘荡，眼睁睁看着那些幸福美满却与自己无关的生活，茫然不知所措地继续活着。

1945年，蒋月花和孙二铁成了家，离开了成都。

有些人在回望来时的路时，意识到自己的孤独与落寞，心里有很多无奈，却仍然猜不到生活的意义。

蒋月花已经没了年轻时的傲气。生活对于一个没啥盼头的人来说，如何过、和谁过、在哪里过都不重要。她怜的是孙二铁，一个持续了这么多年对她好的男人，喝醉后就蜷缩在屋子一角扯着单薄的被子又一夜。他应该有一个完整的家，再有一个或几个会骑着他肩头撒娇的女儿。至少，他被褫夺的欢乐，还有机会重拾。

结　局

　　蒋月花和孙二铁在陕北一个小县城安了家。孙二铁白天去地里劳作，晚上去茶馆里给人家泡茶；蒋月花则使出当初在妇抗会学到的缝补衣裳的本事，给别人补衣服挣点花费。日子虽然过得紧巴巴，但养活三个孩子还能马马虎虎凑合。

　　蒋月花四十多岁时，也跟大家一起过了一段人人自危的动荡岁月。她白天在厨房里给那群血气方刚得精力无处释放的年轻人做饭，晚上躲在煤油灯下看那些在厨房灶坑里偷偷抢救下来的书。

　　在一本残破不堪的书中，她找到了关于那个遥远的地方的片言只语：运城位于晋陕豫三省交界处的黄河金三角中心地带，属于晋南地区。北依吕梁山与临汾接壤，东峙中条山和晋城、河南济源毗邻，西、南与陕西渭南、河南三门峡及洛阳隔黄河相望。

　　那个地方，就是许亚兴留恋的地方，也是孙二铁知道蒋月花牵挂一生的地方。

　　后来，蒋月花的大女儿给蒋月花看了一个寻亲网站上的寻人启事：

　　——我的三叔爷刘福洪，河北万全（原察哈尔省万全县）人。毕业于黄埔陆军军官学校（第九期），后就读杭州笕桥中央航空学校第二期，1935年9月7日叙任国民党空军少尉。1939年2月5日，时任中国空军第8大队第10队队长的刘福洪率领4架伏尔梯轰炸机，各带14公斤炸弹20枚，轰炸集结于运城机场的日机。将日军机场炸成一片火海，致使日军损毁30余架飞机，机场指挥官被撤职。返航时，刘福洪飞机发生故障，首先冒烟。继之爆炸，刘跳伞降落深山，因伤死亡，失事殉职，年仅30岁。此事由于关系当时外援飞机性能及士气，未作过多宣传。其妻陈影凡闻知噩耗，自杀殉夫。据长辈讲，刘有儿女各一。但现在不知下落。如果哪位朋友有知道刘福洪资料或其后人消息的，请与刘先生联系，电话★★★★★★★，在这里本人先行感谢。万望，万望。

几十年后，蒋月花终于知道了故事的结局。

范五就是刘福洪。许亚兴作为地勤候补队员，那天和范五坐上了同一架战机。

史书不曾有许亚兴，但他在蒋月花心中辉煌了一辈子。

我亦曾经拥有

2006年末，蒋月花最小的孙女茜妮嫁往兰州，把年近九十的蒋月花接到兰州观礼。那是蒋月花阔别兰州数十年后第一次回来，儿孙们孝顺，说要陪她到处去逛逛，但蒋月花统统茫然地摇头。婚礼前一天，在后院，人们忙里忙外，蒋月花坐在轮椅上，独自呆呆地看着电视机。有个什么广告反复地播，蒋月花半张着嘴巴看了半天，然后，她用手指颤巍巍地指了指电视。

茜妮一袭红衣，体贴地蹲在蒋月花的身边，眯眯笑一字一句用家乡话翻译给她听：

"那句话说，不在乎天长地久，只在乎曾经拥有。奶奶，那是卖手表的，您不懂。"

是的，满满玛丽苏情怀的东西，茜妮说了她也不懂。但是，这一次，她听懂了。

因为那份情深及髓的拥有，不需要用天长地久来证明。

那一天，兰州的天空明净，苍翠如镜，跟69年前蒋月花第一次见到许亚兴时一样。

（四）人间

五树巷里的老头

蒋家大宅经政府翻新，如今成了街道办公室，进进出出腰板挺直、不可一世的大婶。

蒋家人在几十年前已作鸟兽散。

大宅对面是一个肉菜市场。肉菜市场的前身，据说是一条叫五树巷的巷子。老一辈说，以前蒋家兴旺时，后院不够住，一部分的家丁和婢女在此安家。

肉菜市场人来人往，人声鼎沸。脚下的青石板被无数的人踩过，依然静默无声。没有人记得，曾经有一个新中国成立后来到这里遍寻蒋家五小姐不获的许姓老头，在五树巷里，独自度过了他寂寞而又怀抱着希望的最后十年。

那一晚是她一生中看过的最好的良辰美景。

1995年，一面小土墙沉在江底

露从今夜白

梦里熟悉的山路尚未走完，母亲拍拍曾红渝，说"到了"。

曾红渝睁开眼，抬起头，四周蒙蒙的一片。

听说，这个被薄薄的霜覆盖着的南粤乡镇，从今天起就是她的故乡。

乡亲们提着大包小包簇拥着下车的时候，曾红渝也被半推半就下了车。可在路边站了好一阵子，仍不见母亲和弟弟尾随而下。她重新跨上大巴，一步一步走回车厢尾部。见到母亲抱着熟睡的弟弟低头啜泣。

她弱弱喊了一声"妈"。母亲举起模糊的红眼和她对望。

这是1993年初冬的一个清晨，厚重，苍凉，清冷，寂寥。许多年后，曾红渝依然记得母亲那双模糊的红眼，与里面饱含的无奈与对未来的惊恐。那眼神太多含义，以致曾红渝日后每当孤单时，总会觉得那是一支无法躲开的寒箭，刺得人体无完肤。

为了配合三峡大坝的建设，那一年，曾红渝一家和乡亲们带着老家的门牌号和家当，从重庆巫山迁居至一个南方小镇。

作为第一批三峡移民，她和母亲、弟弟被安排到了一个移民安置点，开始了完全陌生的生活。

悲壮的聚餐

曾红渝再次见到龚伟，是一个多月后。龚伟比他们家迟了半个月出发，被安置在同一条村子的村尾。

那是移民村的村民安定下来后的一次小规模聚餐。

他们杀了鸡鸭，做了一桌子菜，几乎每个菜都放了劲辣的辣椒，还有阿姆特意做的巫山张氏三糕和翡翠凉粉。龚伟把一张印着"主动外迁，告别故土，贡献三峡"的红色条幅拿了出来，翻转铺在桌面上，一伙人把热气腾腾的肉菜放在上面。

席间，村长举杯向大家敬酒，说些壮志凌云的话。开始大家吃喝得很开心，后来随着酒意渐浓，有人唱起家乡的歌，乡愁迅速蔓延，有人伏在桌上嘤嘤哭了。

曾红渝有点不知所措。她看着龚伟。

龚伟今晚喝得有点兴奋，他咯噔跳上一张小凳子吆喝："别这样，别这样！为了国家，咱们没法不主动外迁！在这里，条件各方面都比家乡那边好一点儿，这是好生活的开始！我们可以很快融入新生活的，一定可以！"说罢咕咚咕咚灌了两杯酒。

有人继续喝酒，有人还是忍不住哭，满场酒气混杂着浓郁的辣味，这气息竟然沾了一点悲壮的味道。龚伟跳下凳子，拉着曾红渝的手跑进了夜色里。

新生活

要融入当地生活，并不像改变口味那么简单。移民们在这里开始新生活，遇到了许多困难。

最难过的是语言关。像母亲这些年纪大一些的移民，对新语言不敏感，开口说粤语自己都觉得难为情。在镇上，曾红渝的乡亲们只要一开口，就会被人认出是移民。

母亲换上了当地人常穿的衣服，不再穿当年在家乡土里土气的大褂儿。她去镇里的市场买菜，肉菜贩子用粤语报价，她假装能听懂，以免被骗。她每次都刻意不说话，不管对方说多少钱，她一律递上5块，等对方找钱。

她以为这样就能假装本地人，其实她不知道，本地人对这些移民很好辨认，他们每次买菜买肉总是买很多，拿回家储存着慢慢吃。但本地人贪新鲜，每次只买够吃一天的分量，而且喜欢挑挑拣拣，讨价还价。

曾红渝在一所普通高中上高一。那是政府给予新移民的优惠政策之一，安排新移民的适龄子女入读相关的学校。曾红渝坐在教室的窗棂边托着腮，总是想着龚伟。她有点感激龚伟，给了她和她们家如此好的建议。现在的生活，是她移民之前做梦也没想到的。在家乡那边，像她那个年纪的女孩子，读完初中，家里就该给她物色婆家了。同学对她也没有排斥，尤其是爽朗活泼的女班长，领着她很快融进了班级的小圈子。

时间久了，一向口齿伶俐的曾红渝很快就学会了简单的粤语。

她常常想，能开始新生活的，不仅仅是龚伟，还有她。

选　择

移民那一年，龚伟23岁。大专刚毕业，在巫山一家国营红砖厂工作。

曾红渝和他家只隔了一堵矮矮的土墙。曾红渝没了父亲，龚伟没了母亲。小时候，他经常被鳏夫父亲醉酒后毒打，发誓长大后离开这里的念头是那些年支撑他走下去的最大动力。可大学没本事跑很远，毕业后也被分配到不远处的红砖厂，父亲也在他毕业那年匆匆去世，所以他又搬回了小土院居住。

自小，曾红渝和龚伟就喜欢在土墙背后的石墩儿背对背而坐，石墩儿被他们坐得顺溜儿滑的。说不清爱情的种子是何时萌芽，也不记得是谁捅破那层薄薄的纸，反正，两颗心一直照耀着彼此。如果没有意外，这对青梅竹马的人儿就会谈谈情，拉拉手，结结婚什么的。然后推倒那面小土墙，把两个家拼成一个家。

移民动员大会结束时，曾红渝曾惊慌失措地去找龚伟。她跨过矮矮的土墙，直奔他的里屋。她第一次产生沉重的不安，因为一切原有的规则即将被打破，而且几乎没有商量的余地。

龚伟则显得很兴奋。他将了将曾红渝急得通红的脸，开口的第一句就说："走，咱们一起走"。

其实曾红渝一家可以不外迁那么远，而选择就地投靠。在另一个无需迁移的县城，住着百般疼爱她的姨妈。龚伟决定远移的原因很简单——他希望到外面的世界闯荡，而南方应该有更多的机会。最后他说服了他自己，也说服了曾红渝。

而曾红渝，则说服了她的母亲。

来到南方半年有余，龚伟就发现自己当初太冲动。准备在移民后大干一番事业的他，发现现实没有哪件事是跟他之前的想象相似的。最后，他只能在私营工厂打工，每天为流水线上的鞋子扫胶水，每月领取不超过300块的工资。

他曾经多次想要自己创业，但诸多创意设想都因缺少资金而夭折。渐渐地，他灰心了。每天傍晚从工厂下班后，他坐在村口的杂货店前，蹲在地上叼着香烟，看着远方若有所思，又或者根本什么都没想，没法想。他的牙齿被熏得黄黑。他左思右想想筹资养猪，但无论如何争取，都没法筹到启动资金。

曾红渝不是没有回去暗示过妈妈。可妈妈说，"生意的事咱不懂。红渝，原谅妈妈无法帮小伟。"

去与留

日子不紧不慢过了一年半。一天午后，龚伟突然问曾红渝，是否愿意跟他回重庆。

曾红渝听到的时候，整个身子晃了一晃。

后来龚伟再问了她两次，她都没法作出一句肯定的答复。龚伟难过地看着她，转过头，点起了一根烟，吸下，再长长吐出去。

母亲拿出毕生的积蓄，在政府给她们家的安置房上加盖了一层，自家搬到二楼住，一楼的两间房子租了出去。而曾红渝的弟弟，一个才八九岁的小屁孩，早已适应并喜欢上这里。

而重点是，曾红渝马上就要升高三了。她在学校结识的一群小伙伴每天在互相鼓励，一定要考大学。听说大学很难考，但她也想试试。听说，大学有很多漂亮和新奇的玩意儿。那些玩意儿她闻所未闻，但少女的直觉告诉她，她某一天也可以亲手触摸和拥有。班主任在班上朗读曾红渝的作文范文时，末了轻描淡写说了一句，"考大学不会有问题"，更是她每天努力看书的动力。

母亲说，"回到重庆，咱们没根没家，一切重头再来，咱熬不起。"在南方她们是无根的，回巫山也同样无根。但在移民村，她们好歹还有人均20平方米的安置房。

那一年，三峡还不断有移民向全国各地输出，但龚伟和另外两个家庭，却想回迁了。他们无法撕掉"三峡移民"这个敏感的标签，决意回故乡附近的小县城落脚。

听一些回去过的老乡说，在老家，房子已经被淹没了，亲友们已经全部移民别处，原来在那儿的社会关系都已被连根拔起了。

十七八岁的女孩子，用了很多拙劣的手段和雨水般的眼泪，打算留住一位爱人。

但龚伟去意已决。

龚伟走的那天，曾红渝跑到北江边哭了一场。

她想起刚来南方的那个聚餐，龚伟拉着她的手冲进夜色的夜晚。

那晚，在一个小山头，看着远处温柔的万家灯火，龚伟说将来会和她在这里安一个家，一个"什么都有"的家。

秋边一雁声，露从今夜白。那一晚是她一生中看过的最好的良辰美景。

无法告别

2016年初冬，曾红渝那个村子的人移民二十三周年。弟弟打电话告诉曾红渝，村长向镇府申请组织聚餐，几经波折，终获批准，"你再忙也回来一下吧"。

曾红渝的先生是个温和敦厚的男人，第二天适逢周末，他专程做司机，把曾红渝送回了移民村。车载收音机里播着一个节目，曾红渝侧着耳朵听。先生体贴地拧大了音量。

那是与三峡移民有关的一个节目，"像历史上的任何一次大规模移民一样，搬迁的车轮滚动，只意味着第一步的迈出。外迁移民需要一个漫长的适应与被吸纳的过程。其中有一些人，因无法适应全新的生活环境，而选择回到接近故土的地方，被称为回流……城市的传统和气味的形成必须经历上千年的发酵，而迁移后重盖的所谓新城大同小异。功利的城市效能，全新的砖瓦，茫然的人群，人文上的积淀在哪里？人们在告别之间，才蓦然发现，几千年来和长江相伴的朝朝暮暮生生死死，这一切是如此无从忘却，无法告别……"

现在的村子，比当年安静了不少。当年跟曾红渝一家一同迁移的一百多号人，现在只留下了六七十人。他们如今一天的生活也足够简单。早晨，男人们早起，开摩托车去工厂，傍晚才回家吃饭睡觉。女人主要留在家里看孩子，顺便做点计件工，大部分时候村里无比寂静。

乡亲们的重辣口味发生了最明显的变化，他们已经不习惯在菜里放太多辣椒，有些小孩甚至不敢吃辣。所以，在当天的宴席上，有重庆的麻辣口味，也有清淡的粤式炒菜。

有乡亲的娃在桌子间奔走嬉戏，操着一腔纯正的粤语说"你追我唔到"。

"树有根，根在泥巴里头；人也有根，根在心窝里面。这种感觉外人永远不晓得……"席间，老村长拿着酒站起来敬酒，动情地说："我们这一代移民的使命是'牺牲'，为下一代人的发展做铺垫。但以后的日子，一定会越来越好的……"

曾红渝拿着酒一饮而尽。

为她自己，为龚伟，为沉在江底的那面小土墙，为他们脑海里曾经一度光明的共同的未来，与1995年后不再有彼此的那些年。

（四）人间

你有没有想过你自己的五十岁?

你有没有想过自己的五十岁

大叔难过应聘关

茉莉抬起头问坐在对面的大叔，"您要求的薪资是多少?"

大叔黑框眼镜后的眼睛掠过一丝苦涩与无奈，他不经意地抖了抖紧握的双手，故作爽朗地说："只要你们认为我能干得了活，随你们给!"

"我想听听您自己的想法。"

"……三千。"大叔的声调闪烁着有点不好意思。

茉莉在面试评估表的某栏填上了"3k"，避开大叔殷切的目光，低头再次浏览了一遍大叔丰富的履历，沉吟两三秒，决定把大叔推荐上去。

茉莉捧着咖啡杯，半小时内来来回回去了茶水间三四次。茶水间旁，会客室的门没完全关紧，HR李经理、财务部经理和大叔的声音在里面隐约传出。茉莉只恨自己耳朵平时戴耳机听歌多了此刻不够灵敏，无法早于既定时间获知这场面试的结果。她有点焦躁。

茉莉去三楼查了一次岗回来，大叔已经离开了。临下班时茉莉才从李经理手上取回了大叔的资料。复试评价一栏，单单调调写着"不予录用"。仔细看，两位经理对大叔的各项评估项目打分颇高，但在年龄的一栏，被画了个大大的圈，旁边打了个大问号。

55岁的大叔果然再难过应聘一关。茉莉叹了一口气。

父亲曾经无所不能

茉莉是这家公司的HR主任。尽管在公司三十岁就当上部门经理的人为数不少，但对于半路出家的茉莉来说，三十有二的年纪爬到主任这个位置，她还算满意。

公司打算招一名会计主管，这事由茉莉来张罗。消息一发布，应聘者发来的简历多如雪花。当茉莉坐在会议室里接待今天最后一位应聘者时，才发觉不妙。眼前这位应聘者是父亲般的年龄，一头乌黑得有点过分的头发明显染过。他笑吟吟坐下，第一时间感谢茉莉给了他一个面试的机会。

茉莉盯着眼前这份简历笑得有点牵强，这位55岁的大叔明显打破了公司"应聘人员一般在45岁以下"的不成文规矩。都怪她忙得晕头转向，筛选简历时不小心放过了这条"漏网之鱼"。

可面试过程异常顺利。大叔果然是一位知识渊博与深懂人情世故的人，对茉莉专业的提问回答得非常不错，还隐隐透着成熟男人特有的谦卑与真诚。大叔八十年代在本地显赫一时的国企任财务科长，期间还脱产去了某高校进修，可惜回来后遇上企业改制，不得不离开了体制。后来的二十年，他先后从事过财务经理和财务总监，最后一份工作还在一家非常有名的房地产公司做总监。显赫的经验来这里应聘一个小主管，乍一看，似乎大材小用了一点。

倘若他是一位35岁或者45岁的男子，茉莉几乎可以断定他就是她过去一个多月来面试过的数十位应聘者中最优秀的能中选的不二人选。

但，公司的规矩……

在大叔侃侃而谈时茉莉走了神。她想起自己的父亲。父亲两个月前刚满60岁，从单位的岗位上退了休，但在她心目中父亲还是一个年轻不老无所不能的人，处理各种事情依然沉着镇静井井有条，对苍老、软弱、无力、年迈一类的词完全不屑一顾。何况，眼前这

（四）人间

位大叔才55岁。

但她排除万难送上去复试的大叔，还是被现实刷了下来。

请茉莉小姐帮帮她

几天后，茉莉上班时发现座位下放了几斤红薯芋头和两包大枣。那些土货用报纸包着，装在一个红色塑料袋里，上面还粘着些新鲜的泥土，跟办公室的高级地毯格格不入，忐忑地挨在她平日替换穿的夹趾拖鞋旁。茉莉问遍了办公室的同事，大家都说不知道。

直到她去洗手间，被一直默默搞卫生不作声的清洁阿姨堵在了最后一个厕格："茉莉小姐，这些特产是赵素英特地从家里带来给你的，她说你人好，可不可以跟上面说说话……"

赵素英？茉莉立即明白了。

赵素英是超市部的一个理货员，在公司待了将近二十年，跟着公司起起落落，当过营运，做过仓管，做过收银，还一度管过保安队。

公司新制定的员工手册说，"公司鼓励员工长期为公司服务，当员工的情况符合国家的退休政策，公司将协助员工办理退休手续。"公司高层最近来了次大换血，一朝天子一朝臣，新来的老总标榜效率与节约，对公司原先"臃肿"的架构非常不满。

要精简人手，那么清退老弱病残是当仁不让的首要任务。上司是个不折不扣的老狐狸，把这部分工作全推给了茉莉，笑眯眯吩咐："有难度才找我。但这些对于你来说应该不成困难，对吧，茉莉？"

赵素英这个月刚满五十岁，第一个进入"荣休"的名单。上周茉莉已经就这个问题跟她沟通过了，当时她垂着头不吭声，没说好，也没说不好。

清洁阿姨拉着茉莉絮絮叨叨，茉莉很艰难才听清楚她的乡下口音。大意是，赵素英老伴走得早，儿子不懂事，净败家，女儿读高二，成绩好，得攒钱给她上学，她不能丢了这份两千块钱的工，何况她为公司服务了这么多年，没功劳都有苦劳，哪能说不要就不要……

茉莉捂着胀胀的下腹，答应不是，拒绝不是。

你的年龄、角色和功能

年底，茉莉应邀参加了一个饭局。初中同学谭晓峰悄悄辞去了某知名药企销售经理的职位，潜心一搏，竟然让他考上了公务员。话说，第二天他就要留下老婆孩子，独自到一个偏僻遥远的小镇就职了。

小镇的名字茉莉听都没听过。一晚上，大家吃吃喝喝，说起当年读书的趣事，好生快活。众人在KTV房里喝得横七竖八，茉莉站起身给谭晓峰倒了一杯热茶，笑笑说："喂，苟富贵，毋相忘!"

"富贵狗屁呀。"谭晓峰呵呵笑，"我这种职位的人在那儿，每月到手不足三千。"

"三千?"茉莉哈哈笑起来。这个数字对于谭晓峰来说实在是个笑话。谁都知道，当初谭晓峰在药企，有时候和客户的一顿饭都不值这个数。

"茉莉，你有没有想过你自己的五十岁?"谭晓峰放下茶杯，很认真地看着她。

"我岳父在一家大型陶瓷厂做厂长，做了几十年。前年，厂里不跟他续约了。不是他做得不够好，而是厂里有厂里的考虑，觉得要把机会多让给年轻人。好吧，走人。我五十多岁的岳父这两年找了多少份工作你知道吗? 碰了多少钉子你能猜得到吗? 茉莉，你一定想象不了。五十多岁真是个尴尬的年龄，你自以为还有心有力，你自觉得家庭负担还重还不能停，但别人可不是这么想。这就是现

实啊。现在，我岳父在深圳的一家小工厂，当门卫。

你能想象，一个年轻时呼风唤雨管理着浩浩荡荡几千人，年产值冲上多少个亿的人到了年迈的时候，因为年纪大去到哪里都被嫌弃，最后被定位在一个不足三平方的门卫室里，每天开关几十次铁门么？他也不得不这样做，我三个小姨子还在上高中和大学，即使他不为她们打算，也要攒点钱自己吃饭和给我岳母看病。

岳父的经历对我启发很大。我现在混得不算差，但我也会有老去的一天。我得为我的五十岁之后作打算。"

说罢，谭晓峰狠狠灌了一杯酒。茉莉呆了呆，最后也举起酒杯，祝他"前程似锦"。

回家的路上，茉莉问自己，那么我自己的五十岁呢？

我的五十岁会怎样呢？她从来没有深刻思考过这个问题。只是偶尔与同伴谈论起他们的暮年时，会开心地说到"潮妈大跳广场舞、三五知己朋友旅游、儿孙绕膝其乐融融"的景象，从没认真想过自己真的到了那天，职场角色被年轻的人代替，社会功能被模糊，过去所有的努力也许会被一记抹杀，甚至生活也有可能陷入难以保障的境地。

茉莉第一次觉得眼前这段路是如此的陌生。

我是不是现在开始就要为自己做点什么？茉莉停下了脚步。

你格外艳羡别人看似风光顺意的生活，可现实里，谁都烦恼万千，各有不为人知的暗伤。这，才是不同里的唯一相同。

阿慕斯小镇有个蓝洞

罗拉的男人

她爱上了一个男人。

她更加惧怕与羡慕一个女人。

那女人是她的上司，叫罗拉，凌厉而厚黑。罗拉和她同龄，却比她高出了几个段位。况且，端庄修长的罗拉还有一个人人艳羡的家庭。她很多次看见罗拉的丈夫在公司附近等她下班，开着一辆纯白的路虎，从车窗里探出的干净颀长夹着香烟的手指是那么好看。罗拉一脸淡然地坐上他的车，捋了捋卷卷的棕色长发，侧身接受他的亲吻，然后结伴扬长而去。

她悄悄地站住，下意识地缩了缩不小心又大了一个码的小肚腩。几只手指被超市特价时扫回来的沐浴露和廉价化妆品勒得通红。片刻后，小短腿无力地迈上了公车站台。

没错，她爱上了罗拉的男人。偷偷的，已经好一阵子了，而且浓烈得有点过分。

可能是深夜寂寥时或者早晨睡醒初，反正万物都处在朦胧状态时，人都会想得格外多一点。她会想起他略尖的下巴。下巴上有点胡茬，若他吻过来，该是带着刺感，又撩人。二十年前的教室，她总是安静地坐在角落里，偷偷瞄斜前方一个尖下巴的男生。那男生

刚从外地转学过来，总是低着头一边无意识地转动手里的笔，一边看侦探小说。记忆中那个初夏总下雨，淅淅沥沥的。她对他仿佛还没有看够，几个月后就跟着改嫁的母亲去了远方。

她觉得一定是上天听见了她心里的声音，或者是终于同情她多年来的遭遇，所以把那个倾慕对象再次推回到了她的面前。

幻　想

自从重新认出他之后，她在罗拉面前干活更是屡屡出错。罗拉有时声色内荏地大声训斥，有时面无表情地诫勉几句，有时不发一言地盯她两眼。她又惊又怕。

夜里，她依然频繁地做噩梦。那个曾给她人生带来巨大痛苦的禽兽继父依然隔三岔五奔跑在她的梦里。醒来时，她在一个面目可憎的小人偶上，再用力添上一刀，然后喝水，再闭上眼睛。

她骨子里有一种自欺欺人的复仇幻想。在过去的很多日子里，她对那些没有能力去改变的现实，对曾经深深地伤害过她而她又没有能力去报复的人，她常常采取这种极端幻想的方式来让自己发泄和找到新的心理平衡点。她想象她已经成功地改变了那些事实，让它变成她所希望的那个样子；她想象她已经成功地还击了那个迫害过她的人，让他受到了应有的惩罚。她甚至想象她已经变成了罗拉，并且取代她得到了她的丈夫的爱。她对着镜子里不断模仿罗拉的神情和动作，在这种自私可悲的幻想里给自己一点可怜的安慰。

而罗拉和她的丈夫继续恩爱。罗拉的身体不好，常常胃疼。有一段时间她们加班赶一个新项目，罗拉的丈夫竟然熬好了中药送上来。干练的罗拉在他面前变成了一个羞涩的小公主，在他温柔的目光下皱着眉头喝光药。

她远远地注视这一切，心如刀割。

阿慕斯小镇的蓝洞

这天她接受了一项工作，到一个叫阿慕斯的偏远小镇完成一个任务。小镇很少外来人口，全镇只有一家简陋的家庭旅馆，房东是一位年迈的老太太。小镇的生活条件很恶劣，总是停水。这天回到旅馆门口，她终于忍不住开口问杉子小姐：真的没有洗头的地方？

杉子小姐正低头专心致志看她送给她的书，好久不翻页。她见得不到回应，心里再次皱眉说"奇怪"。正欲转身回房时，杉子小姐忽然说话了：要去蓝洞吗？

杉子小姐是房东老太的孙女，是个奇怪的姑娘，约十七八岁，眼神空洞，平时爱穿一袭白衣，坐在二楼的窗边不吭声，或者自顾自地笑。她刚来时，杉子小姐盯了她好久，然后开口说要她手里的书。她慷慨地把带着来出差的仅有几本书全送给了她。如果没有记错，杉子小姐当时理所当然地接受了，甚至没有一声道谢。在海风腥咸的悬崖边，杉子小姐告诉她，蓝洞就在悬崖下面。

蓝洞的洞口很小，要乘坐小船才能进入。由于洞口的结构特殊，阳光既能从洞口进入洞内，又能从洞内水底反射上来，因此洞内的海水一片晶蓝，连洞内的岩石也是神秘莫测的蓝色。洞的深处，有汨汨的泉水从洞顶流下，她接住尝了尝，是淡水。

她被这美景震住了。这样一处人间仙境，竟然从未被开发。杉子小姐对她神秘一笑：你知道吗？蓝洞是个奇妙的地方，可以让你变成任何一个人。

嘘，别说出去。

奇迹与出奇

一个月后，她搜集够了罗拉的九十九根棕色长发。

杉子小姐领着她再次来到了蓝洞。在温暖的泉水下，她把一头短发洗得干干净净，然后把罗拉的头发一根一根精心接驳在自己的

头上。

最后一根驳好后，奇迹发生了。一头乌黑的短发瞬间变成了浓密的棕色长发，黝黑的皮肤一点一点变得白皙，眼窝变深了，腿骨格格地长了几厘米，腰间几层救生圈般的肚腩慢慢回缩，甚至在体内渗出一股罗拉专用的香水淡香，脱胎换骨。她欣喜若狂。

杉子小姐望着她的表情极其古怪："你说过，绝不后悔。"

从阿慕斯小镇回到家里的那个晚上，她有点紧张。她已经变成了罗拉，理所当然要回到罗拉的家。想象中，罗拉的家该是干净整洁，温馨怡人。因为罗拉干练独立，一丝不苟，何况，那是她和林顿的爱巢。林顿，她一想到这个名字便心跳加速。她从此就能拥有林顿了。这一切是真的吗？她喜悦又踌躇，以致走路的时候左脚几乎绊到了右脚。

推开门有点失望。他们的家，纵然装修高档，风格随性，可处处布满落尘，文件、方便面袋堆满案头，一地鞋印和随处可见的垃圾让人无处下脚。一堆碗碟在洗手台显然已经堆放了好几天，上面浮着一层恶心的污油。

她想收拾一下，可突然腹痛难忍。排山倒海的疼痛前所未有，她额头渗出了冷汗。她翻箱倒柜胡乱找了些药，蜷缩着爬上了床。

她醒来时，已是夜里11点。林顿不知何时回来了，厨房传来一股浓浓的药味，略带腥臭的中药在罐里小火沸腾。林顿和衣躺在乱七八糟的沙发上小寐。他的脸上长满胡楂，眉头拧成深深的川字，跟平素在罗拉办公室见到温柔绅士的他有点不同。她小心翼翼地走近，想往他身上盖条毯子。

他醒了。睁眼看罗拉的眼神带点冷漠。他用手搓了搓脸，叹了一口气坐起来，疲惫地说：你的药差不多熬好了，我去睡了。说罢他走向了客房。

距　离

　　为免林顿看出破绽，她刻意模仿着罗拉。头几天，她小心翼翼，如履薄冰。可林顿压根没有发现她有任何不同。这得益于林顿的冷漠和距离——不知这该是庆幸还是可悲。

　　原来，罗拉的胃部、腹部都有毛病，是个典型的药篓子。每次疼痛发作便歇斯底里，药物的副作用也让她异常暴躁。在公司尚能勉强压制，但家里就是她发泄的最好地方，他也是她能发泄的最好对象。她不仅拥有了罗拉的身体，同时还得到了罗拉的性格和为人。很多时候连她也无法控制身体里的这个"罗拉"。

　　平静下来时，她想，林顿本该是一位体贴温和的丈夫。可家里有一个长期的难以根治的病人，最大的爱意和耐心都会多多少少被消耗，何况本身他的工作也忙成一条狗。林顿不是不能共患难的丈夫，他依然对她尽着最大的耐性，可他一个人独处时总是无法掩饰对这种生活的无奈与疲惫。偶尔两人都在家时，她想和他好好聊一聊，缓和一下维系着表面和睦实则隔阂丛生的关系。可很多次，林顿看着她靠近，只是不动声色地合上了本让他面容喜悦的电脑，回头冷冷地看她。无声的冷淡让她无法张口再说半个字。

　　林顿有时会在默默无声地吃饭的时候，忽然来一句：这段时间是否又需要我过去接你，或者送汤？

　　如果只是她，她也许会说"不"，可脑袋里残留的"罗拉"不假思索地回答：要。是的，有时她，不，是"罗拉"需要林顿配合她的戏码，来完满老板、同事和客户对她的信任。在成为罗拉之前，她一直以为罗拉是个女强人。实际上，三十岁做到一个部门经理在职场上不算什么大本事，更何况，她并非游刃有余。

　　在公司里，"罗拉"必须费尽苦心去经营业绩，对上讨好老板，对外笼络客户。还要忍着身体的各种不舒服，处理不得力的下属推到她面前的一堆破事。每天下来，头痛欲裂。

"罗拉"在她体内疲惫地睡去时，她从百叶窗里静静地看着外面。真正的罗拉的灵魂在蓝洞被洗掉记忆后，已经进入了曾经的她的体内——那个可爱，纯真的短发胖妞，带着羞涩的神情，咬着巧克力，每天在人群中快乐地忙来忙去。

海钓的风向

这天，她陪老板和一个大客户从饭局里出来，远道而来的客户忽发奇想要去海边钓鱼。她强撑着迷醉的脑袋，拨了好几通电话，在最短的时间内为任性的客户提供了最理想的地方和钓具。

客户在岩石堆里垂钓，老板带着她在海边的石堤来回徘徊。连续几晚的加班让她的腹部剧痛难忍，且冷得瑟瑟发抖，但没有人想在最后一刻功败垂成。

这一带比较偏僻，人烟稀少，但是也有三三两两的情侣在夜里漫步。她裹紧披肩，抿着紫黑的嘴唇回过头时，和老板几乎同时看到了从他们身后经过的一对男女。老板有点坏笑地看了那男女一眼，再意味深长地望了一眼她。

刹那间她脑袋就空白了，一时不知道该如何反应。她面前的女子裹着和她同款但不同色的披肩，神情不大自然。可男子表情平静，甚至淡淡地朝她的老板递了一根雪茄：在陪客户？

老板哼哼哈哈地接过，林顿为他点燃了。老板识趣地收回了不怀好意的态度。两位男人谈论了一下海钓，与这里的风向。

她盯着那女子。如果没有猜错，就是那位小姐，占据着林顿心里那个她可能永远无法抵达的位置。难怪林顿对这位多年的知己如此爱护。林顿去洗澡的时候，"罗拉"曾经指使她偷偷破解了他电脑与手机的密码，发现过这位带给林顿欢愉的红颜知己的存在。如今事实再次印证，当时的勃然大怒和痛哭流涕以及林顿的信誓旦旦并不能割断他与她的关系。

心里有被撕裂的声音。客户在不远处大喊，"Look，fish！"她像找到了救星，低下头跟着鞍前马后的老板小步向客户跑去。跨上岩石的时候，她一脚踩空。老板回头看了她一眼，皱了一下眉，但没停下奔向客户的脚步。

她捂着脚踝蹲下了。回头看了看身后迅速消失在夜色中的林顿和女子，世界变得一片模糊。

她希望这一切都不是真的。她忽然只想变回一个普通人了。要不就做回成为罗拉之前那个健康的没什么野心的胖姐。那个带着遗憾的不起眼的小角色，起码活得率真和任性，卑微但自由，也因为从来没有得到，就不会有伤害。

不同里的唯一相同

她再次去了阿慕斯小镇。旅馆还是那家旅馆，房东还是那个房东，只是不见了杉子小姐。她追问杉子小姐的下落，一口本地方言的房东老太神情愕然，听得云里雾里，似乎并不明白她在说什么。

她向村民租了小船，叫人划向蓝洞。可从中午划到天黑，来来回回无数趟，悬崖下除了石头还是石头，压根没有发现什么洞穴的入口。村民在背后窃窃私语：这个女人怕是个疯子。

没有杉子小姐，没有蓝洞，没有泉水，所以她只能继续罗拉的身份。海边有浪袭来，浇湿了她，她沮丧又无奈。

她以为接上了罗拉的头发，就可以延续她眼中的关于她的童话。可事实上，除了一地枯黄，别无他物。就如你格外艳羡别人看似风光顺意的生活，可现实里，谁都烦恼万千，各有不为人知的暗伤。

这，才是不同里的唯一相同。

请原谅我缺乏备尝艰苦的勇气。

我不愿只谋生，我想生活

你们才是妇科病

"妇科病，咱们认识多少年了？"

"不算今年，有28年了吧。"

"咱们认识28年，都没见你拍过拖，你是不是真的有病？有什么隐疾？能治不？"

"梁颐！你说话能不能好听一点？从小到大你都这样子！"

然后两个人都不出声了，低头默默吃东西。我略略抬起头，悄悄端详他依旧马一样长的脸，那些不算太遥远的"青葱岁月"，渐渐立体地屹立在我面前。

"柯秉复，柯秉复——妇科病！"上了学以后，我常常跟在一群同学背后，这样对着柯秉复大声起哄。人群中，我还叫得特别大声，俨然一个与汉奸势不两立的正义八路军。

"你们才是妇科病！"每当此时，柯秉复就气恨恨地反击大家。但每次他用这句话反击大家的时候，从来没有看着我这样说。

我和一群同学哄地笑着散开，各自跑得飞快。我跑得奇快，因为不跑快点儿，我怕又有同学再继续说："妇科病喜欢梁颐，梁颐你有没有妇科病？"或"梁颐和妇科病住得近，梁颐和妇科病是青梅竹马两小无猜，哟哟哟！"

柯秉复在学校里是朵奇葩。除了因为他有着这个惹人发笑的绰号，以及仿佛缺了条筋似的奇差的学习成绩以外，还因为他长着一张马一样长的分辨率极高的脸。

"梁颐，你说，我是不是有点儿讨人厌？"柯秉复走到我跟前问。

"也不是啦，不是有点儿……"我嗫嚅着说。

"就是啊，我也不觉得。"

"我还没说完。你是非常非常非常讨人厌啦，妇科病！"说罢我三步并作两步溜掉了。若跟一个大家都嫌弃的人多说几句话，丢脸也丢到新疆去了。

尽管丢脸丢到新疆的滋味我也不是没尝过。8岁那年，爸爸下岗后开始酗酒，妈妈只能接些缝缝补补的活儿来干。整整一年，每个傍晚，天暗下来以后，我都提着篮子跟在妈妈的身后去菜市场，净捡些菜农扔下不要的菜叶回家做晚餐。我讨厌去菜市场，直到现在还是那么讨厌。

不是叫你来说乱七杂八的东西

高考后，我去了广州一所二流的大学念大专。也不记得因为什么，我和他也渐渐恢复了邦交，维持着往往来来的短信。柯秉复考得烂死了，骑马都上不了大学，也就来广州找工作了。

没有其他同学从旁的聒噪和煽动，我和他也就慢慢恢复了儿时那种没心没肺的交往。或者说，我恢复了对他颐指气使的使唤。

我命令他在离我学校有三站远的地方等我，帮我提行李回家；我叫他通宵排队去买陈奕迅演唱会的门票，然后快递到我学校；我跟他说怀春的心事，问他关于男孩子们的想法，然后胁迫他不许告诉任何人；他约我出去吃饭，我左顾右盼选了个偏僻的地方，匆匆吃完就告别。

我从不邀请他去我的学校玩。若被人家看到他的马脸，那我该

多丢脸!

直到大三,一个雨夜,我坐在时代广场的喷水池边,给柯秉复发了一条短信:"我在时代广场,你可不可以出来陪陪我?"

半个小时后,柯秉复撑着伞出现在我面前。

一见到他,我立刻哭出来,"他有别人了。"

那个他,柯秉复当然知道是谁。

柯秉复领着我去吃宵夜。在大排档坐下后,他从包里掏出纸巾给我擦干头发。

他点了一桌子菜,一边吃一边听我眼泪鼻涕地哭诉。他时不时把肉夹到我碗里。

"他对你不好,那你另外找个对你好的呗。眼前就有一个。"柯秉复低着头啜着田螺小声说话,不敢抬头看我。

"妇科病!我叫你来安慰我,不是叫你来说其他乱七八糟的东西!"我抄起筷子用力敲他手中的筷子。

"行行行,我在瞎说。吃吧吃吧,排骨精。"

谁叫咱们是哥们

毕业后,因学历不算高,我辗转进了一家大公司做行政助理,成了一个像模像样的小白领。但仍然薪水单薄,外表风光,内里凄怆。然后,日复一日月复一月地吃廉价盒饭,住破旧杂乱的城中村,买20块钱一件的地摊衣。盈盈职场尔虞我诈,人与人之间虚情假意,渐渐地,在这个繁荣而人口密度极大的城市,我发现只有被我欺负了二十多年的柯秉复才是真正毫不计较地对我好的为数不多的人,没有之一。

我不再介意他的长相。

很多时候,我和柯秉复一到周末就凑在一起吃吃喝喝。我总是跑上他同样处于城中村的破家,坐在吱吱作响的破椅子上,用筷子撩拨着电磁锅里的鱼蛋和牛肉丸，喝着十块钱三瓶的啤酒。我对柯秉复说公司新来的男同事很帅，告诉他我今天又收了玫瑰花但还没猜到是谁送的，告诉他我以后要在大城市定居下来不再回破旧的小县城。

柯秉复要么很沉默，要么对我说，"人生本来就是这样，到哪里都是谋生。"

那天我拖着简单的行装，看着村口贴着的城中村限期拆迁的通告，忽然簌簌掉起了眼泪。身后的柯秉复奇怪地看着我，"这有啥呀？不就是又要搬一次家吗？你这不都跟我一样，习惯了吗？"

"柯秉复，我问你，我们这样的人，是不是永远不能在大城市里安定下来？"

"梁颐，这个问题我不知道怎么回答。但你想在哪里折腾，我都会陪着你去哪里折腾……"

我立刻止住了眼泪，用凶狠的目光盯着他。

他口气立刻软化下来，"谁叫咱们是哥们，青梅竹马的好哥们……"

"还说好哥们，你一点都不旺我！出来工作已经好几年，我居然还没有着落！"

雨纷纷旧故里草木深

很快到了6月13日，我29岁生日。柯秉复非要请我和我的同事唱K。我觉得高兴，呼啦啦叫了一群同事出来。同事偷偷问："你男朋友？"我指着柯秉复，有点儿尴尬地说："不不不，他呀，是我的好哥们。"

柯秉复唱得还像模像样的。不知怎的，我开始起哄，"妇科病，你不是一直讨厌周杰伦吐个字都不清晰吗？咋唱起他的歌来了？"

"梁颐，你能不能不捣乱，让我把歌给唱完？你能不能认真听一听？"柯秉复拿着麦克风大声说。

我立刻做了个please的姿势，不再说话。

"……雨纷纷旧故里草木深，我听闻你仍守着孤城，城郊牧笛声落在那座野村，缘分落地生根是我们……"

我知道柯秉复唱的时候时不时在看我，尤其是唱到这两句。我没有给他任何回应。他的眼里也许充满着失望，因为不再捣乱的我，坐在桌边跟几位同事兴致勃勃地玩着大话骰，小声说话大声笑，喝着啤酒拍着手掌，似乎压根没有留意到麦克风里的歌声。

唱完K后，柯秉复继续请大家去吃宵夜。

柯秉复好像开始跟大家熟络了，七嘴八舌地聊起来。

"咳，我干过的事情可多了去了，端过盘子，做过五金批发，补过轮胎，卖过饮水机，卖过奶瓶，哎，还卖过聚乙烯蜡……"柯秉复喝得舌头有点打结，话也开始多起来。

女同事们的脸色开始笑得有点儿不自然，男同事们举起酒杯，说："汉子汉子，生活经验丰富。"

柯秉复站起身跟大家一杯杯地干掉，觥筹交错，仿佛一真爷们，丝毫没有发现我低着头拨拉着一碟干炒牛河，由始至终没有抬起头。

次日中午，部门经理请我们去必胜客。

在必胜客的落地玻璃窗前，我向外面望去，看到外面广场树荫下的石凳上，坐着一个年轻的男子。他的身旁放着一个黑色的胀鼓鼓的挎包，旁边放着一瓶水。他右手捧着一小袋面包，大口大口地送进口里；左手时不时举起来抹额头上的汗。他吃完，扬起脸咕咚咕咚喝了几口水，然后背起挎包向广场边走去。

我承认看着柯秉复的背影远去的一刹那，有一点心酸，或许还带有感动，以及丝丝缕缕不能言语的其他感受。但，又可以如何呢？

周末的小县城

周末我回了家，那个破旧的小县城。

晚饭后，我去了巷口的柯秉复家里。柯秉复窄窄的家里没有什么大的变化，依旧整洁、干净、凉爽，带着二十多年楼龄的房子特有的淡淡的霉味，门前堆起的厚厚一堆纸皮显得房子有点逼仄。

柯妈妈对我的到来非常高兴，拉着我问长问短。她的话匣子一打开就似乎停不下来，"小颐，我们家小复在省城过得怎么样？这孩子，每次问他他都说好。我家小复脾气特拧，自小没几个朋友，看在一场老同学和邻居的份上，你帮我多说说他，别光顾着工作，也该找个姑娘成家了，我和你老叔的身体一年不如一年……叫他也别太省，别老往家里寄钱，平时我和他爸除了看病也没啥要花钱的地方……"

最后我站起来，对柯妈妈说："阿姨，柯秉复他在省城挺好的，很努力，他的上司和同事都很喜欢他，你放心吧。至于找姑娘，我尽量给他介绍吧。"

那天我只记得自己是逃着走的，至于什么滋味，已经记不清了，或者，我不想深究了。

爱情与面包

三个月后，一个晚上，我和柯秉复吃完晚饭，走在江边。我踌躇再三，终于鼓起勇气跟他说："柯秉复，你以后不用找我了，我很快就会离开广州。"

他一愣，"你要回家了？"

"不是。"

他突然好像意识到什么，半天才憋出一句，"梁颐……"

我低声说了声"再见",快步向前走。

他跟在我的身后,大声喊:"梁颐,梁颐,这么多年,你到底知不知道我爱你?"

我心里有种莫名的液体汩汩地流。有个卑微的小小的声音告诉自己,我当然知道,我曾经有无数次,有不顾一切和你在一起的冲动。可是当我回过头的一刹那,脱口而出的却是另一句话,"妇科病,你到底知不知道我一点都不爱你?"

他呆呆地站在黑暗里,不再跟上来。我看不清他的表情,狠狠心,转过身佯装平静地向前走。

走出几百米后,我上了路边一辆等候已久的斯巴鲁。车子绕着转盘拐了大半个弯,向着繁华的街道驶去。我透过窗户,远远仍能看见那盏昏黄的路灯下婆娑的树影里站着一个高高的单薄的久久不动的身影。

我用力地眨着眼睛,飞快地收回目光,硬逼着自己望向车前。

柯秉复,请原谅我缺乏备尝艰苦的勇气,请原谅我是个惧怕过"寅吃卯粮"日子的大俗人。我从前介意你的长相,然后我介意你的清贫。年近三十,我耗不起了。上个月那个开着斯巴鲁来跟我相亲的中年男人说想娶我的时候,犹豫了三秒钟我就决定,要把自己嫁出去了。

你曾说人生就是一个谋生的过程。但我不想这样,我不愿只谋生,我想生活。我不愿意再如8岁那年像个乞丐一样提着菜篮子跟在别人的屁股后面捡烂菜叶,你不知道,那是世界上最难受的感觉。

万千家庭，冷暖自知。

3座306

1

保安甲连忙跑进保安室按按钮。道闸杆缓缓升起，女人扶了扶墨镜，傲慢地看着前方，一踩油门，驾着小卡罗拉不可一世地绝尘而去。

保安甲啐了一口。

保安乙看了保安甲一眼，慢悠悠地说："这里的住客全都是这样啦，难道你现在还看不开？"

保安甲没吭声，弯腰掀了掀藏在桌子下面的饭锅盖，簌簌的白烟从小电饭锅冒出来。一把酱菜挂在饭锅旁。

"对了，好像挺久没看到306那个女的了。"保安甲说。酱菜还剩下一包，是306的女主人给他的。

"对哦，好久没见了。"

四下无人，保安甲和保安乙偷偷各燃起了一根烟，不约而同地想起了一下3座306那位和气的女主人。她进进出出会主动刷业主卡，碰上没带卡需要保安手动开门时，都会和蔼地左谢右谢。

她有点瘦，高高的个子，很好笑容，好像脸上还有个酒窝。屁股不大，但翘。在女人当中，她算是比较好的了。

保安甲想。

2

清洁工陈姨一层一层地上门收垃圾，一边没好气地唠叨没人响应把垃圾按照规定来储存和分类让她多做了许多功夫，一边用鹰一样的眼睛四处搜索着纸皮。

在306的门前，她不满地提起一大袋杂乱不堪的垃圾。咋又不分类了呢？过去，306是最响应垃圾分类号召的呀——厨余垃圾一小袋，生活垃圾一大袋，遇上有纸箱和纸皮，会整齐叠好，然后被细细的塑料绳子捆好放在一边。过去清理她家的垃圾是最省事的了，如今咋就变得跟别家一样不讲道德了呢？

他们家已经连续好一段日子没有垃圾分类了！陈姨越想越不满。

这时，306的门打开了，一个爷们干咳了两声，再次放出了一小袋垃圾。他看也没看陈姨一眼，就"砰"地关上了门，剩下挂在门上方的挥春在余风里晃了几下，又归于平静。

原来不是女主人当家，难怪扔个垃圾都这么不讲究，没完没了的。

陈姨捋了捋胶手套，白了306一眼，转过身继续收一户一户门前的垃圾。

3

张小姐不满地卷起晾在阳台上的被子。

张小姐是位年轻漂亮的小姐，高贵，傲气，爱干净，搬来206已经半年了。

楼上306最近不知道搞什么鬼，有时会有烟头从天而降，有时会有皱巴巴的小孩衣服，杂乱无章地别在栏杆边，有时还会有哗哗的水流下来。每隔几天，还有几条男性平角内裤挂出来！那些内裤松垮垮的，薄得快破了，呀呸，呸呸！有一次，一条内裤竟然还掉到了张小姐的羊毛毯上！那个恶心呀，张小姐二话没说，拿起衣架直接把那条恶心的内裤挑到楼下去了——去，要找内裤就到楼下草丛里找。

306真是越来越过分！以前都没出现过这种离谱又缺德的事情。不行，改天我得跟306那位太太说说，让他们收敛一下才行。真是的，大家邻里邻居的，就算平时不怎么互相打招呼，也不能这样子呀。张小姐在电话里和微信里，开始跟闺蜜和妈妈叨叨。

于是张小姐每次上下楼梯，都会特意放慢脚步。306那位满脸横肉的男主人她碰到过，头发花白常年穿灰衬衣的男主人老父亲，她也偶尔碰过。但是，却一次也没碰上那位头发长长、盘起发髻的太太。张小姐只能忍住恶心和冷眼，继续冷漠地不说话。

4

天气很快转凉了。小区门口，一个七八岁的背着书包的小男孩缠着爷爷要买吃的。老头子被缠得没办法，只好拉着孩子进了水果店。

啊，这香蕉上过太空吗，个头这么大？什么，苹果也得十几块钱一斤？环顾四周，老头子被吓了一跳。孩子看看这个，又摸摸那个，店员姐姐温柔地跟在孩子身后帮忙挑。很快，孩子捧着一盒水蜜桃，笑眯眯地看着爷爷。老头子一看价钱，手没碰钱包已经百般心疼了。他不知道平日儿媳妇买回来给一家人吃的水果，那些黄溜溜的大水晶梨，鲜嫩的水蜜桃，香甜的小香芒，价格是如此不菲。当老头子无奈地掏钱包时，小男孩又蹦又跳熟练地打开了透明雪柜："爷爷我要吃草莓蛋糕！"老头子也不敢看价钱了，假装板起脸训斥："都快吃晚饭了还吃蛋糕，看你爸会不会抽你！下次再买！""下次啥时候买？""……你生日吧。""我什么时候生日？""快了。""妈妈会回来给我过生日吗？""这……小子快走，我要

回家做晚饭了!"

小男孩嘟起小嘴,被爷爷拉出了店门。他背上的书包外层的小拉链没拉好,露出了半个钥匙牌。身后的店员姐姐好心提醒,老头子连忙把写着306的钥匙牌塞回书包里,着急忙慌地拉好了拉链。

5

月末小区组织的包饺子活动,大部分家庭都参加了,开开心心热热闹闹的。没有人留意是否包括306。

新一轮排班表出来了,保安甲调去了守侧门。侧门平时不常开,需要开时都是给装修工人进进出出运送装修物料而已,因此工作十分清闲。保安甲十分满意。渐渐地,他也就不再计较小区进出的住户谁和气还是跋扈了。

清洁工陈姨往5座跑勤了,因为5座6楼的一个住户最近几乎天天网购,天天往外扔纸皮和报纸。还是没有几户人家会垃圾分类,都是捆成一袋就扔出门口,都怪政府和小区最近的宣传少了……但那都不重要啦,工作还是得照样做,更重要的是能多捡几块纸皮。陈姨啐了一口,继续一户一户地收垃圾。

206的张小姐"双11"抢的晾物架到了。她在宽阔的阳台上,叉开了晾物架的四条腿儿,一边哼着歌儿,一边把一堆丝质睡衣与五颜六色的内裤晾出来晒。女人购物了心情会超级好,她才懒得理楼上的阳台上,今天有没有晾恶心的男人内裤出来。

小区门口的水果店生意依然红火。店家拿美国车厘子作促销,150块钱一箱,还有不少人抢着买。每次老头子接孩子放学都特意走马路对面,为的是让孩子不给水果店吸引,免得又得进去破费。写着306的钥匙牌,偶尔在小书包探出半个头来,偶尔被小男孩握在手里。每次经过水果店的马路对面,他总是会叨叨着说"想妈妈",砸吧着嘴说妈妈曾经给他买过什么水果和雪糕。爷爷总是拖着他的手走得很快，说要回家给他做好吃的。小男孩无奈地吐槽，说爷爷炒的鸡蛋咸死了，青菜比苦瓜还苦。他想在楼下和其他小朋友玩儿，但总是被爷爷拽回去。

日子平静而冷淡，似乎什么都没变，似乎什么都改变了。

6

又过了半个月。似乎一夜之间，季节就从秋天走到了冬天。夜里凛冽的风呼呼地吹，清晨起床，窗外有大雪纷飞，天气突然就冷得要命了。

人手不够，物管处新招了两个保安，保安甲又被调回了守正门。"早。"一个长头发的女人提着几袋东西，笑眯眯地跟保安甲打招呼。经过身边时，保安甲主动帮她开了闸杆，她递给他几个橘子和一把酱菜。女人走远后，新来的保安丙问"是谁呀"。"3座306的，挺和气的。"保安甲把酱菜放回保安室里，扔给保安丙两个橘子，自己剥开了一个。

清洁工陈姨发现又有人会罕见地进行垃圾分类了。她抬起头看了看门牌，306。她满意地把纸皮放进了随身带的大麻袋，把厨余垃圾倒进了黑色胶袋，笑眯眯下了楼。

周末阳光很好，206的张小姐在阳台做瑜伽，抬头看见了楼上的栏杆晾了一张棉被。熟悉的香水味儿布满周围的空气，一双纤纤素手轻轻拍打着被子。蔚蓝的天空夹着悠扬的音乐，小男孩奶声奶气的声音充满着兴奋："妈妈，给你吃一口！"不知为什么，楼上的一切，让张小姐忽然有了温馨的暖意。她扳直身体，一手抓起汗巾一边进屋找手机。她决定今天，要跟远方的男朋友认真商量一下结婚的事。

水果店的生意不好也不坏，经常光顾的还是那些熟悉的却叫不出名字的面孔。店员小姐特喜欢那些爽快的顾客，譬如那个买水蜜

桃和草莓蛋糕的长发女人，付账时她还主动跟店员小姐搭讪"我家孩子最爱吃这个了"。店员小姐一高兴，随手多送了几颗东北大枣，放进她的塑料袋子里。她回头，莞尔一笑："谢谢你！"店员小姐笑了，轻声对旁边的收银姑娘说："她每次都说的是'谢谢你'而不是'谢谢'，她可真让人喜欢。"

7

日子徐徐，每个人都按每个人既定的生活轨迹缓缓向前。保安甲，陈姨，张小姐和店员小姐不知道306曾经发生过什么，不清楚也没兴趣了解306的女主人为何离开，为何又回来。那个满脸横肉的男人，每天晚上7点钟，开始沿着小区跑步。长发女人拉着小男孩的手跟在男人后面散步，一边走一边说些有的没的，然后快乐地笑。

保安甲骑着小电动在小区里巡逻，206的张小姐一边拖着卷毛狗一边刷手机，隐隐约约听见一把小男孩的声音说："妈妈，我不喜欢你和爸爸吵架，不喜欢你回姥姥家那么久都不回来。"清洁工陈姨蹲在拐角处叠纸皮，在擦汗的当口，也模模糊糊听见一把温柔的女声说："要是你听话，爸爸妈妈以后就不这样了，好不？"

男人的衣领恢复了往日的整洁与干净，因为他好像瘦了些，而且爱笑了，所以看起来不再满脸横肉；老头子还是每天清早乐呵呵地去找老伙伴耍太极与下棋，日子闲得慌；小男孩的校服换得更勤了，每次和爷爷经过水果店，他都会兴高采烈地猜测：今晚妈妈会给他准备什么水果。

所有的整洁与凌乱，规矩与匆忙，快乐与忧愁，悲与欢，只有他们自己知晓。

万千家庭，冷暖自知。

你，我，何不如是？